장현수의 삶과 예작

바람꽃
사이로 춤
은 피어나고

장현수 엮음

새로운 세상의 숲
신세림출판사

장 현 수 (1973 ~)

[학력]
국립 선통예고 무용과 졸업
서울예술대학교 무용과 졸업
예원예술대학교 공연예술학부 졸업
중앙대학교 예술대학원 공연영상학과 석사
충남대학교 대학원 무용학과 박사과정 수료

[현직 및 주요경력]
현)국립무용단 단원 (주역무용수)
현)들숨무용단 비상임 안무가
현)한국무용학회 이사
세종대학교 대학원, 한국예술종합학교, 선화예술고등학교 강사 역임

[상훈 사항]
2019 대한민국 나눔국민대상(KBS 사장 표창) – 보건복지부
2018 올해의 최우수예술가상 – 한국예술평론가협의회
2018 대한민국 여성리더 대상 – 국회외교통일위원회
2018 대한민국 창조문화예술대상 – 국회문화체육관광위원회
2017 국립무용단 표창장 – 문화체육부장관
2017 대한민국 나눔대상 – 보건복지부장관
2017 대한민국 무용대상 「목멱산59」 – 한국무용협회이사장
2010 제19회 오늘의 젊은 예술가상 – 문화체육부장관 표창
2009 문화체육관광부 장관 표창
2009 한국춤 비평가상 연기상 수상 – 한국춤비평가협회
2005 제2회 무용예술상 – 무용연기상 – 창무예술원

[주요 안무작]
「패강가」, 「화사」, 「목멱산59」, 「만남」, 「상상력」, 「둥글게둥글게」, 「여행」, 「청안」,
「수정흥무」, 「팜므파탈」, 「피노키오에게」, 「검은꽃」, 「바람꽃」, 「사막의 붉은 달」,
「아야의 향」 등

[출연작 및 안무/조안무작]
2000년 나흘간의 춤 이야기 「사인사색」 주역 출연
2000년 국립무용단 정기공연 「신라의 빛」 주역 출연
2001년 국립무용단 정기공연 「춘당춘색 고금동」 주역 출연

2002년 국립무용단 창단40주년기념 「춤, 춘향」 주역 출연
2002년 대화가 있는 무대 – '바리바리 촘촘 디딤새' – 「아야의 향」 안무 및 주역 출연
2002년 국립무용단 정기공연 「바다」 주역 출연
2003년 국립무용단 정기공연 「비어있는 들」 출연
2003년 MCT 기획 '우리시대의 무용가 2003 – 홀로 걷는 춤' – 「암향」 안무 및 출연
2003년 국립무용단 기획공연 – '동동 2030' – 「바람꽃」 안무 및 출연
2004년 리을무용단 정기공연 – 「타고 남은재 Ⅱ」 – '법' 출연
2005년 국립무용단 정기공연 – 「미얄」 미얄 역 출연
2006년 오늘의 무용가 초대전 – 「철근꽃」 안무 및 출연
2006년 국립무용단 정기공연 – 「soul, 해바라기」 조안무 및 주역 출연
2007년 춘천 페스티벌 – 「남몰래 흐르는 눈물」 안무 및 출연
2007년 국립무용단 정기공연 – 「춤, 춘향」 춘향 역 출연
2008년 아르코예술극장 기획공연 선정 – 장현수의 「검은꽃」 안무 및 주역 출연
2008년 현대춤 작가12인전 – 「피노키오에게」 안무 및 출연
2008년 아트프런티어 페스티벌
       –「피노키오에게」, 「승무」, 「동백꽃에게 부쳐」 안무 및 출연
2008년 「만남」 안무 및 출연
2009년 제92회 국립무용단 정기공연 –춤극 「가야」 조안무 및 출연
2010년 국수호의 춤극 「명성황후」 명성황후 역 출연
2010년 「검은 꽃, 사이코패스 증후군」 안무 및 주역 출연
2010년 국가브랜드 「춤, 춘향」 – 캐나다 '밴쿠버', 뉴욕 '링컨센터', 조안무 및 주역 출연
2010년 「soul, 해바라기」 독일 루드빅스부르 특별공연 조안무 및 주역 출연
2011년 「soul, 해바라기」 한–벨기에 수교기념공연 조안무 및 주역 출연
2011년 「사막의 붉은 달」 서울시문화재단 지원공연 조안무 및 주역
2011년 「soul, 해바라기」 세계국립극장 페스티벌 개막작 조안무 및 주역 출연
2011년 청소년공연예술제 개막작 「프린센스 콩주」 조안무
2011년 국가브랜드 「화선 김홍도」 세계국립극장 페스티벌 개막작 조안무
2012년 「장현수 춤, 놀이」 강동스프링페스티벌 안무 및 출연
2012년 국립예술가시리즈 장현수 「팜므파탈」 안무 및 주역 출연
2012년 「도미부인」 국립무용단 조안무
2013년 「신들의 만찬」 국립무용단 조안무 및 주역 출연
2013년 「신들의 만찬」 중 '무무' 대한민국무용대상 시상식 공연 조안무 및 주역 출연
2013년 국립레퍼토리시즌 「춤, 춘향」 국립무용단 조안무
2013년 「그대, 논개여」 국립무용단 조연 출연
2014년 장현수 「팜므파탈」 국립극장예술가시리즈 안무 및 주역 출연

2014년 프로젝트 「회오리」 국립레퍼토리시즌 안무가초청 출연
2014년 베스트레퍼토리교차공연 「단」, 「묵향」 출연
2014년 국수호춤의길을묻다 「성찰」 중 '금무' (M극장 10주년 기념공연) 출연
2015년 국립레퍼토리시즌 「제의」 출연
2015년 장현수 '내 혈관 속을 타고 흐르는 「수정흥무」,' 안무 및 주연 출연
2015년 제21회 창무국제무용제 「미학」 창무국제무용제 안무 및 출연
2015년 국립레퍼토리시즌 「향연」 출연
2016년 국립레퍼토리시즌 「시간의 나이」 지도 및 주역 출연
2016년 「시간의 나이」 (샤요 국립극장) 지도 및 주역 출연
2016년 국립레퍼토리시즌 「soul, 해바라기」 조안무
2017년 들숨무용단 기획공연 – 「목멱산59」 안무 및 출연
2017년 들숨무용단 기획공연 – 「청안」 안무 및 출연
2017년 들숨무용단 기획공연 – 「여행」 안무 및 출연
2017년 들숨무용단 기획공연 – 「둥글게둥글게」 안무 및 출연
2018년 들숨무용단 기획공연 – 「상상력」 안무 및 출연
2018년 국립국악원 기획공연 – 「수요춤전」 안무 및 출연
2018년 들숨무용단 주관
          – 한국문화예술위원회 올해의 레퍼토리 「목멱산59」 안무 및 출연
2018년 들숨무용단 기획공연 – 「만남」 안무 및 출연
2019년 국립국악원 기획공연 – 「수요춤전」 안무 및 출연
2019년 들숨무용단 기획공연 – 「목멱산59」 안무 및 출연
2019년 들숨무용단 기획공연 – 「화사」 안무 및 출연
2020년 제41회 서울무용제 – 「패강가」 안무 및 출연
2020년 들숨무용단 기획공연 – 「목멱산59」 안무 및 출연
2021년 들숨무용단 기획공연 – 「목멱산59」 안무 및 출연 예정
2021년 들숨무용단 기획공연 – 「패강가」 안무 및 출연 예정

올해는 신축년 하얀 소띠 해이다. 나는 검정 소띠 해에 태어나서 칡소와 닮은 구석이 많은 것 같다. 지난 한 해는 팬데믹으로 어수선하게 시작하더니, 해가 바뀌어도 끝날 기미를 보이지 않는다. 뚜벅뚜벅 우직하게 춤 길에 들어서서 목멱산(남산)의 사계를 삼십 년 가까이 조망하고 있다. 열정이 넘치던 시절에는 넘치는 의욕으로 춤을 배웠고, 배운 경험을 토대로 후진들을 가르치게 되었다.

내 춤의 특성을 제대로 꿰차기도 전에 세월은 흘러갔고, 깊은 감동으로 무대에 올렸던 안무작에 대한 추억도 무디어져 가고 있고, 흔했던 자료들도 찾기 힘들어졌다. 학자가 아니라서 치밀하게 자료를 정리하고 챙기지 못한 탓에 연구자들로부터 나의 과거 안무작이나 출연작에 대한 자료를 요청받았을 때는 더욱 난감해지기도 했다. 광범위하게 퍼져있는 나의 기억을 더듬는 일이 잦아졌다.

소띠 해를 맞아 용기를 내어 안무작을 중심으로 작품을 정리해 보기로 했다. 우선 2015년, 2016년에 월간 〈댄스포럼〉에 연재한 글들을 정리하고 다듬었다. 당시에 쓴 글들이 이미 현재에 맞지 않고, 어색한 부분이 많아서 의미에 맞게 수정과 보완을 거쳤다. 그런 다음 '타자의 시선'을 옮겨왔다. 나의 안무작에 대한 여러 평론가, 저널리스트의 분석적 글을 옮기면서 나를 돌아보았다.

내가 엮은 책에는 나의 안무 노트와는 다른 나에 대한 애정과 질책을 담은 글이 동시에 실려있다. 나의 작품을 바라 보는 시선이 나의 얼성과 다름을 인지하게 했고 나를 경계하며 배우게 하였다. 나는 소박하게 나의 꿈을 책으로 꾸미면서 '다음 책에 담길 훌륭한 작품들을 만들어야 한다.'는 각오와 함께 다음 책의 출간을 마음속으로 다짐한다. 이번 책 작업은 나의 분발을 촉구하는 촉매이다.

책을 내는 작업은 한 편의 공연을 올리는 것과 다름없는 시간과 집중이 필요하다. 얼마 되지 않은 시간의 나이에도 자료는 소실되었고 이름만 남은 작품도 적지 않다. 안무작 「암향」은 대표작이면서도 평과 자료가 없어서 느낌만 공유한다. 느와르적 분위기와 욕망이 넘실대는 도회의 이면에 피는 슬픔은 미학으로 승화되었다. 내 글과 안무작에 대한 느낌의 공유는 나를 다잡는 계기가 되었다.

긴 제목과 주제로 묶인 작품들인 '검은꽃, 사이코패스 중후군'은 「검은꽃」, '내 혈관 속을 타고 도는 수정흥무'는 「수정흥무」, '바리바리 촘촘디딤새 -바람꽃'은 「바람꽃」, '2030 동東동動 -아야의 향'은 「아아의 향」 등으로 제목을 축약했다. 평자들의 글과 기사들은 글쓴이의 느낌대로 긴 제목을 허용했다. 같은 제목이 연도를 달리하거나, 두 개 이상의 평과 글이 실렸을 때는 평자의 다양한 시각을 보여주기 위해 복수의 글도 허용했다. 제목 중 맞춤법이 틀려도 공연 당시 쓴 제목을 그대로 사용했다. 2부의 글은 최신 공연작부터 실었고, 꼭 필요한 경우에는 발표 연월을 밝혔다.

나는 국립무용단에 뼈를 묻겠다는 심정으로 최선의 노력을 경주해 왔다. 책 속의 나의 안무작, 출연작은 거의 국립극장에서 발표한 것들이고, 특정 단체나 주역이라 밝히지 않은 안무작이나 작품도 대부분 공동 주역, 조안무, 지도를 맡았을 때이다. 이미 지나간 공연들은 사진과 글 자료도 찾기 어려워졌다. 책 출간 전에 연락이 되지 않은 필진에게 이 지면을 할애하며 고맙다는 말씀을 드린다. 책 속의 분위기를 이해하실 선생님, 동료, 가족, 친구, 친지에게 고마움을 전한다.

다시 봄, 목멱산은 춤을 부른다. 철갑을 두른 소나무는 내공으로 나이테의 위엄을 지킨다. 바람이 자거나 불어도 봉수대의 연기가 피어오르듯, 나는 오늘도 마음의 오방색을 정갈하게 입고 경건하게 춤을 대한다. 그 고요의 물결 위에 핀 과거를 한 웅큼씩 떠다가 바람꽃 위에 펼쳐놓는다. 나의 안무작 「바람꽃」은 '바람꽃 사이로 춤은 피어나고'로 가볍게 착지한다. 이번이 목멱산 지킴이인 나를 잊지 않기 위한 첫 번째 책으로의 도전이다.

　나는 미풍(微風)을 좋아한다. '목멱산에서 불어온 바람'은 언제나 소리 없이 다가와 부드럽게 나를 위로해주고 그림자가 되어준다. '바람꽃 사이로 춤은 피어나고'는 네 계절 속에 피어나는 춤과 어울리면서 생활해온 나날들을 떠올리며 지은 제목이다. 내게는 아직 거친 항해에서 끝내 굴하지 않은 콜롬버스처럼 많은 항해가 남아있다. 그 길에서 나는 나의 흠결을 발전을 위한 용기로 삼고, 진전을 계속하고 싶다. 그 꿈의 일부를 책으로 보여드린다.

제1부 __ 나의 삶, 나의 예술

2016년 __ 부대끼며 커가는 나무

제2부 __ 나의 안무작에 대한 타인의 시선

제2부 __ 나의 안무작에 대한 타인의 시선

제1부

나
의
삶
나
의
꿈

나는 더 큰 꿈을 꾸고 싶다

-장현수의 춤 사색

1.

시간의 흐름

    1996년 대학 졸업 후, 나는 「산조 따라하기」라는 작품으로 국립무용단 입단시험에서 당당히 합격하였고, 오늘까지 서울특별시 중구 장충단로 59번지 남산(목멱산)에 소재한 국립무용단에서 화려한 영광의 시간을 이어오고 있다. 나의 안무작 「목멱산59」는 이것에 연원(緣源)한다.

    시험 결과가 발표되기로 한 오후, 나와 엄마는 전화기 옆에서 초조하게 안절부절못하면서 내 인생의 향방을 주시하고 있었다. 무용수로서 국립무용단 입단은 고수들로부터 지도를 받을 수 있는 최고의 영광을 의미한다. 전화를 기다리다가 설 잠이 들었다.

    나는 그 시간 내내 국립무용단 꿈을 꾸었고, 가족들도 합격을 암시하는 꿈을 꾸었다 한다. 엄마는 부엌으로 달려가 아침에 올려놓으신 정화수 앞에서 미지의 신들께 간절한 기도를 하셨다. 순간 전화기의 울림이 천둥소리처럼 들릴 때 우리 가족 모두는 나의 합격을 직감했다.

"장현수씨 합격을 축하합니다."라는 통보는 꿈속 천사의 목소리와 같았고, '신이 존재함'을 느끼게 했다. 나는 감사 인사를 반복했고, 나의 행동과 표정에 엄마는 바닥에 주저앉아 엉엉 울고 계셨다. 이후 춤을 사랑했기에 춤출 때마다 가끔 그때의 장면이 떠오른다.

부푼 희망을 안고 새로운 무용의 시작이자 전문무용가로서 발돋움하는 첫 출근, 나의 각오와 목표는 '실망하지 않는 전문무용인이 되자.'였다. 그날 새벽공기는 상큼함의 극치였고, 나의 폐부가 유난이 크게 느껴졌으며, 나를 축하해 주는 듯 했다.

고교시절 부터 국립무용단 입단을 꿈꾸며 텅 빈 연습실에서 기본 음악을 틀고 혼자 연습할 때의 감동과 흥분감은 아직도 내 가슴속에 소중하게 간직되어있다. 지금도 국립무용단 연습실에 들어갈 때마다 그 시절의 감동을 바닥에 깔아두고 그 흥분감으로 연습함으로써 오늘의 나를 존재케 한다.

국립무용단 단원들의 기준과 행동양식은 나에게 정돈된 몸과 마음을 가질 수 있게 했다. 단정한 머리 손질로써 앞가르마와 야

무지개 따 내린 뒷머리를 하고 손수 단 흰 동정에 오색 연습복 (한복)을 입고 시뿐시뿐한 걸음으로 연습실에 들어가던 그 시절의 나를 많이 생각해 본다.

국립무용단 기획공연인 '바리바리 촘촘 디딤새'에서는 전통 한국무용의 한 종류인 경기 도당굿 가운데 '도살풀이' 춤을 직접 배워가며, 분석하고, 실연을 토대로 춤 사위와 춤 언어를 바탕으로 한국적 창작무용을 만들어야 한다는 소명 의식으로 이론과 실천을 추구한 공연이었다.

이 공연으로써 새 언어를 숙지하고 내면 연기와 소통의 춤을 경험했다. 한국 전통무용과 창작무용은 뿌리가 같다는 점도 새삼 알게 되었다. 서로 보완적 관계라는 사실 때문에 자신감을 갖고 춤추고 공연할 수 있었다. 이를 깨우치고 나서 안무에 대한 호기심이 절실해졌다.

열공정진의 각오로 돌아가신 아버지를 그리는 사부곡으로써 '마음의 향'이라는 「아야의 향」은 대본을 직접 쓰고 수십 장의 음반을 듣고 선택한 음악을 바탕으로 동작과 성격 구성으로 연습에 매진, 출연진과 혼연일체가 되어 춤 언어의 완성도를 높여가며 무대에 올린 작품이다.

인간이 자연에 대한 두려움을 이겨내기 위한 심장의 고동 소리를 아름답게 표현하는 내면 언어인 춤을 생각한다. 나는 요즈음 한국 춤을 어떻게 추어야 하는지에 관심이 집중되어 있다. 공연을 위한 여행을 통해 한국의 산하(山河)를 둘러보며 '지극히 한국적인 것이 세계적인 것이다.'라는 명제에 마음이 가 있다.

나는 보통의 춤문화를 예술로 승화시켜 계승·발전시켜야 한다는 생각에는 변함이 없으며, 그것을 위해 현재를 살아가는 무용인들의 생각과 표현을 존중하며 자리매김해야 한다고 생각한다.

-댄스포럼, 2015년 1월호

2.

'나'에서 '우리'로

국립무용단 입단 후, 나는 개인보다 단원 모두를 같이 생각하는 성향이 생겼다. 무용단의 성격상 단원들의 화합과 공동체 의식은 공연의 질에 지대한 영향을 미친다. 그래서 어느 자리를 가든 우리 국립무용단이라고 소개한다. 내가 단원의 막내 시절에는 '나'라는 생각이 많았던 것 같다.

주역을 해내기 위해서는 주변을 생각하지 않고 오로지 연습에만 몰두하며 시간을 보내야 한다. 그렇게 해야만 무용단에서 살아남을 수 있기 때문에 소소한 일상을 즐기지 못했다고 후회는 없다. 무용단 입단 전, 모 무용계 선생은 나에게 어려운(?) 체격과 얼굴이어서 무용단에 입단하기 어려울 것이라는 실망을 안겨 주는 말씀을 하셨다. 이 말을 듣고 많이 울었고 힘들어했다.

그렇다고 해서 무용단 입단의 꿈을 접을 수는 없었다. 자신에게 용기를 불어넣고, 자신을 사랑하며 실력으로써 반드시 꿈을 이루겠다는 굳은 의지를 심었다. 입단 1년 뒤, 다행히 국립무용단 정기공연 「이차돈의 하늘」에서 주인공인 '달아기'를 뽑는 오디션에서 당당히 주역을 따냈다.

신입 단원이 오디션에서 주역을 따내자 불미스러운 소문으로 번져 수난의 시간을 겪기도 했다. 이 소문은 주역 선발 과정에서 심사위원에게 부탁하여 뽑혔다는 허황된 소문으로 나의 마음을 너무 아프게 했다. 그럴수록 나는 더 힘을 내어 공연을 꼭 잘 해내야겠다고 생각했다.

그래서 출근과 동시에 역할 분석과 연습으로 하루하루 시간을 보내며 지냈다. 이후 '노력은 모든 것을 이긴다.'라는 자존감도 생겨났다. 그 자존감은 득인 동시에 독이 되었다. 자신만 바라보며 연습에 몰두하다 보니 단원들과의 폭넓은 소통 부재는 독이 되었다. 변명하자면 당시 아버지의 별세 이후 장녀로서 많은 어려움을 견뎌내야 했기때문에 단원들의 상황을 살필 겨를이 없었다.

지금 마흔셋이 된 나는 모든 것을 포용하고 감싸주고 싶다. 그 이유는 결혼이라는 큰 선물이 한 여자의 마음을 따뜻하게 만들어주는 힘을 갖게 한 것 같다. 요즘 나는 너무너무 행복하다. 모든 것이 아름답게 느껴지며 감사하다. 이런 나의 모습을 보며 많이 기뻐하는 우리 단원들의 모습에 또 감사하다. 선생님, 선·후배, 동료들 모두 십여 년 같이한 생활이 큰 재산이 되었다.

무용단의 생활은 출근해서 퇴근 때까지 연습 또 연습, 하루 종일 같이 생활함으로써 가족보다 더한 친밀감과 소중함을 느끼게 된다. 이제 나는 소중한 단원들과 국립무용단을 위해 어떻게하면 더욱 더 뜻깊고 행복한 춤을 추며 살아갈 수 있을까를 고민한다. 예전 같은 자만과 자신감이 아닌 춤을 위해 단원들의 주인의식, 책임감, 열정에 대한 생각이 나를 고민하게 만든다.

내가 도울 수 있는 것은 무용단과 후배들을 위해 더욱 더 열심히 춤추고 아껴주는 것이지만 방법이 서툴다. 시간이 지남에 따라 새로운 후배들과의 만남과 헤어짐이 반복된다. 무엇보다 중요하고 소중한 것은 미적 표현 매체인 무용을 통한 만남은 아름답고 예쁠 수밖에 없다.

나는 많은 사람들을 만나왔지만 무용인만큼 순수한 열정으로 서로를 헤아려 주고 이해하고 배려하며 지내는 사람들을 보지 못했다. 우리는 몸으로 표현하는 사람들이다. 그래서 무대에서는 상대방의 호흡과 눈빛만 교환해도 이해하는 연기자로서 영혼의 춤을 추길 원한다.

그렇지 않으면 미적 표현이 사라져 무용의 아름다움을 볼 수
없게 된다. 우리 무용단 선·후배들은 눈빛과 숨소리만으로도 춤
동작과 연결 동작으로 이어져 아름다움을 표현해야 하기 때문에
특별한 만남, 특별한 관계라 할 수 있다. 그래서 나는 참 행복한

사람이다.

-댄스포럼, 2015년 2월호

3.

전통춤의 계승과 시대정신

　나 같은 성향의 무용인들과 안무가들은 한국무용의 예술성 전달을 위해 새로운 접근이 필요하다고 생각한다. 새로운 접근이란 다른 장르의 언어가 아닌, 한국전통무용을 기반으로 한 호흡과 움직임의 정서인 정·중·동의 예술적 표현을 극대화시키는 방법을 찾는 것이다.

　대중예술의 흥미적 단면만 제시하여 일시적 관심을 유도, 호기심을 유발하기보다는 한국무용은 전통문화의 핵심 예술로서 사람과 사람, 선대와 후대, 인간과 자연 사이의 소통을 춤으로 표현한다. 사회의 중심적 역할을 하는 춤이 되기 위해서는 공연의 활성화가 절대적으로 필요하다.

　국립무용단은 한국전통무용의 가치를 심화시키는 핵심무용단이다. 무용예술 공연을 활발히 함으로써 대중과 자연, 다른 예술 분야와 함께함으로써 진동무용에 안주하지 않고 새로운 창작활동도 활발히 해야 한다. 지금의 창작은 후대에 또 하나의 전통일 수 있으므로 국립무용단은 책임감과 소명감을 갖고 춤 언어를 창조하여 춤 문화를 발전시켜야 할 것 같다.

따라서 창작활동 및 실험적 작품 활동의 활성화도 꼭 필요하며 여러 작품의 경험을 소지함으로써 훌륭한 안무가로서의 성장과 한국무용을 계승할 수 있는 계기가 될 것이다. 미래의 한국 무용을 위해 옛것을 익히며 새로운 창작 작품을 만든다면, 무용계의 큰 진전으로 한국무용의 큰 자산이 될 것이다. 또 하나는 국립무용단 작품뿐만 아니라, 현시대의 무용 작품에서 융복합 작품이 활발하게 시도된다면 또 다른 문화 창달에 크게 일조할 것이다.

춤의 아름다움과 예술적으로 작품성이 있는 여러 장르의 작품들이 만나 동일한 주제로 각자의 기량을 보여준다면, 한 장소에서 한국문화 체험을 더 많이, 더 빨리 접할 수 있는 계기가 될 것이다. 이러한 융·복합적 공연은 해외공연 진출에도 한국 문화를 홍보하고, 전달하는 데에 크게 이바지하게 될 것이다. 이렇게 하면 국내 관객 유입에도 큰 힘이 될 것이며, 무용을 포함한 문화계 전반에 대중적 관심도를 높임으로써 한국 무용예술을 알리고 홍보하는 좋은 기회가 될 것이다.

현시점의 무용공연은 예산 부족으로 양질의 작품이 나올 수 없는 구조 속에 무용가들이 많이 위축되어 있다. 무용가만의 작품이 아닌 관객과 더 가깝고 공유할 수 있는 작품이 많이 발표되어야 관객들은 그 작품성을 높이 평가하고, 무용인들은 또 다른 희망이 생길 수 있다. 그렇게 되기 위해서 국립무용단부터 공연하는 데에 모든 사람이 다 이해하며 감동할 수 있는 공연을 해야 한다. 개인적인 사유나 생각에서 나온 난해한 작품이 아닌 공감하는 문화를 전달해야 한다는 사명감을 잊지 말아야 한다.

나라를 대표하는 국립무용단은 무용단의 위상을 떨어트리지 않도록 큰 노력이 필요하며 절대적인 헌신과 봉사가 있어야만 무용단의 위상이 높아진다. 그 위상을 만들기 위한 첫 발판은 책임감이며, 어려운 공연 과제에 직면할 때, 당당하게 희생과 의무감으로써 맞이할 자세도 필요하며 작품을 만들어 가고 기획할 때 신중을 거듭하여 창작해 나가야 할 것 같다.

지금까지 각고의 노력으로 좋은 작품과 한국무용의 위상을 살리며 잘 이어가고 있지만, 우리 젊은 무용인들에게 더 발전된 방안을 제시하여 실력 있는 무용인들이 더 많이 배출되길 바란다. 실력 하나만 가지고 평가할 수 없는 요소들이 모여 완성된 작품이어야만 전반적인 실력을 말할 수 있을 것이다. 무용단의 사명감과 책무를 기반으로 본다면 더더욱 그렇다.

현재 젊은 층의 무용인들과 후대의 무용인들을 위한 우리 춤의 발전적 지침 제시가 분명히 필요하다. 그것은 문화의 계승발전을 이어가는 문화의 중요성을 인식하고, 선대 무용가들의 전통 춤사위를 지우지 않고 재해석과 더불어 더욱더 숙련하려고하는 노력이 필요하다. 계승발전에는 역사성을 심어 줌으로써 있는 것을 더욱 보완하여 문화를 만들어가야 한다. 그럼으로써 예술의 참된 발전을 기대할 수 있을 것 같다.

국립무용단의 작품이 시대적 흐름과 방향을 토대로 만들어진 여러 작품을 무시하고 하자가 있다면 역사성 단절을 인정하는 것과 같다. 그 시대의 작품은 시대성을 띤 예술로서의 가치로 봐야하며, 미래적 척도에서 수정과 폐기를 논한다면 모순이 될 수밖에 없다.

한국무용의 생명력은 지속적 이어감에 생명력이 있다고 생각하며 고치거나 버리는 것은 단절을 의미한다. 따라서 현시대를 살아가는 우리는 올바른 생각과 실력을 갖추고, 계승발전의 중요성을 인식하고 후대 무용 예술가들에게 이어질 수 있는 방향성을 끊임없이 제시하며 창작을 해야 할 것 같다.

-댄스포럼, 2015년 3월호

스승을 생각하다

4월의 개인 공연을 준비하면서 떨리고 긴장되고 설레는 여러 가지 마음이 드는 것은 여전히 춤을 사랑하는 데에서 오는 당연한 반응일 것이다. 처음도 아닌 여러 번 개인 공연을 했지만, 이번 공연은 또 다른 느낌과 정성으로 준비하고 있다. 솔로 춤 공연으로써 여러 선생님의 기존 작품을 토대로 또 다른 해석을 하며 만들어 가는 뜻깊은 공연이기 때문이다.

이제까지 춤을 추면서 여러 스승께 춤 공부를 해왔고, '오늘의 장현수'가 된 것에 대한 깊은 감사의 뜻으로 작품을 만들게 되었다. 내가 처음 춤을 배우게 된 것은 다섯 살 때 집 근처 조흥동 선생의 무용학원에서였지만, 선생의 춤의 깊이를 잘 알지 못했고, 춤을 알고 사랑하게 된 것은 중학교 시절 선생에게서 춤을 배우면서부터이고 춤에 관한 관심이 커진 원동력이 되었다.

시간이 흐르면서 춤에 관한 생각이 커졌고 선생의 소중함을 더욱 느끼게 되었다. 당시 선생은 서대문의 학원에서 후학들에게 열정적인 춤 공부를 가르쳐 주셨다. 나는 언니, 오빠들 사이에서 열심히 연습하며 행복한 시간을 보냈다. 연습이 끝나고 난 후 언니, 오빠들과 분식집에 가서 떡볶이를 먹으며 지냈던 기억을 하면 나도 모르게 얼굴에 미소가 번져온다.

지금 훌륭하신 스승께 춤을 배웠었다는 자부심이 언제나 따뜻함과 든든함으로 내 마음을 채우고 있다. 특유의 단아함이 돋보이는 선생의 춤사위, 선비의 고고한 자태와 품위를 끄집어내어 표현하는 '한량무'는 남성의 멋스러운 춤으로써 강하고 굵은 선이 돋보인다.

언젠가 선생의 '한량무'를 무대에서 추어 보고 싶었다. 그렇게 생각해 오던 것을 이번 공연에서 감히 추게 되었다. 선생의 따뜻하심과 인자하심으로 '한량무'를 추어도 좋다고 허락해 주셔서 뛸 듯이 기뻐하며 선생의 춤에 누가 되지 않도록 열심히 연습하고 있다. 감사한 마음을 항상 간직하며 가슴에 담고 은혜에 보답하고 싶은 마음 간절하다.

대학 시절, 또 다른 전통춤을 배우기 위해 나는 고(故) 임이조 선생에게서 '승무'와 '살풀이'를 배웠다. 선생은 무슨 일이 있어도 예의를 놓지 않으시고 항상 깔끔한 모습이셨다. 무대에서 공

연하시던 모습 역시 관객을 배려하며 흥과 멋을 전달하시는 데에 기쁨을 찾으시고 자연스러운 춤을 보여주셨고 기품이 훌륭하셨다.

특히 섬세한 발디딤새는 관객석에서 보고 있는 나의 마음을 울리기도 했다. 춤 공부뿐만 아니라 항상 긍정적이고 남에게 많이 베풀어야 한다는 가르침도 주셨다. 선생이 많이 보고 싶다. 나는 선생의 춤 공부와 박숙자 교수의 큰 가르침으로 국립무용단에 입단하게 되었다.

무용단에서는 단장님으로부터 춤 공부를 시작했다. 선생께서는 국립극장 대극장에서 돋보일 수 있는 무대 활용법, 안무의 중요성 등 연출적 공부는 물론 처음 주역을 할 수 있는 기회를 주신 스승이시다.

지금까지 선생님의 큰 뜻과 생각을 이어받아 열심히 활동하려 하지만 부족한 나는 언제나 선생님의 사랑과 관심을 받아야 힘을 얻을 수 있는 것 같다. 많이 부족한 장현수이기에 죄스러운 마음을 놓을 수가 없다. 매번 감사의 마음과 죄송스러운 마음이 교차하며 나는 반성한다. 진심으로 선생님께 감사드리며 평생 선생님을 잘 모시고 은혜에 보답하고 싶다.

이렇게 훌륭하신 선생들께 춤을 배울 수 있었기에 나는 참 행운아이다. 이번 공연은 스승의 은혜에 감사드리며 올리는 잔치라 생각하며 최선을 다해 열심히 공연하고 싶다. 작고 부족한 제자가 아무리 열심히 준비한다 해도 한국 무용의 거장인 스승들의 예술성과 작품성을 따라가기에는 힘에 버겁다.

　그러므로 스승님들의 큰 가르침을 토대로 또 다른 춤 세계를 만들어 가야 춤의 연결이 끊기지 않을 것 같다. 우리의 소중한 전통 예술을 진심으로 계승하고 새로운 시작과 실험을 통해 전 세대가 공감하고 세계인이 즐길 수 있는 오늘의 예술로 발전시켜 나가고 싶다.

댄스 포럼, 2015년 4월호

쓸쓸함에 대하여

공연이 끝난 후 항상 느끼는 허전한 마음이 드는 것은 왜일까 생각해 본다. 준비 기간은 길고 공연하는 시간은 단 며칠간이어서 조금은 아쉽다. 공연은 준비하는 시간부터 끝날 때까지 항상 긴장감 속에서 이루어진다. 그 긴장감이 끝나면 다음 공연을 계획하게 되는 이유도 허전함을 달래기 위함도 있는 것 같다.

특히 이번 「수정흥무」 공연은 의미상으로 뜻깊은 공연이었던 것만큼 나에게는 소중한 추억을 만들어준 귀중한 선물이다. 그것은 쉽게 만들어지는 것이 아님을 너무나 잘 알기에 감사한 마음을 지울 수가 없다. 나의 사람 내 편이 있다는 것은 진심으로 감사한 일이라 생각된다. 또한 공연을 위해 현장에서 힘들게 애써 주신 모든 출연진분과 모든 스태프분이 작품을 위해 헌신을 다해주시는 모습에 또 한 번 머리 숙여 감사드리고 싶다.

이제 다음 공연을 어떻게 무엇을 위해 공연을 준비할까를 생각해 본다. 하지만 생각하면 할수록 막막함이 밀려온다. 준비 기간 동안 어떠한 목적을 위한 준비가 아닌 그저 춤추고 싶다는 생각으로 시작하여 마지막 공연이 끝나는 날은 왜 했을까를 자신에게 다시 물어본다. 한 번으로 끝나 버리는 무대예술은 공연하는 사람으로서는 허전하고 슬픈 일이다.

그래서 한번 하는 공연 계획보다는 보안 수정하여 계속 공연이 이루어지도록 하는 기획 공연으로 만들어져야 한다. 무엇보다도 관객들의 뜨겁고 진실한 박수 소리에 준비 기간에 고생한 보람을 느낄 때는 다음 공연에도 더욱더 열심히 준비하여 기쁨의 시간을 선사하고 싶은 마음이 든다. 또한 여러 공간에서 대중과의 만남을 가질 수 있는 방법을 찾아 일반인들의 마음과 생각 속에 좋은 추억을 남기고 싶다. 이 또한 현시대를 살아가는 우리 무용인들이 이뤄나가야 할 중요한 일이라 생각한다.

소통의 통로를 한 곳이 아닌 여러 통로를 이용하여 한국무용을 알리며 보고, 듣고, 생각할 수 있는 시간을 많이 만들어 대중들의 호응과 사랑을 많이 받을 수 있다면 무용인의 한 사람으로서 뜻깊은 일이 될 수 있을 것 같다. 공연이 끝난 후 관객들의 반응은 "한국무용만이 가진 아름다움과 흥이 배어나고 남다르다."라는 말씀과, "공연을 보고 난 후 자연스레 한국 춤에 대해 좀 더 친숙하게 느끼게 되었다." 또는 "서양 발레같이 아름다운 한국만의 춤이 있음을 알 수 있었다." 등 여러 이야기를 듣게 되었다.

전통춤에 대한 일반 대중들의 생각을 다르게 갖게 한 공연이었다면 이번 공연은 '어느 정도 성공이라 할 수가 있지 않을까?'라고 감히 생각해 본다. 춤 자체에서 뿜어져 나오는 한국 춤만이 가진 독특한 미학을 보이기 위해 의상, 소품, 음악, 장치, 조명 등여러 가지를 꼼꼼히 준비했던 공연이기에 공연이 끝나고 난 후에도 관객들의 반응을 중요시하게 되는 것 같다.

공연을 올리기까지는 수많은 일과 고통과 시련이 따른다는 것은 모든 무용인이 공감하는 부분이다. 어느 부분에 있어서는 조금 속상한 부분도 있다. 그래서 축하와 격려를 아끼지 않으며 따뜻한 마음으로 지켜봐 주는 아름다운 미덕을 내심 기대했던 것 같다.

모든 사람이 아름답게 생각해 주길 바라는 욕심은 부리지 않겠지만, 조금이나마 공연하는 사람의 마음을 따뜻하게 감싸 준다면 참 좋겠다. 진실하고 순수하게 춤만을 위해 살아가는 무용인들이기에 생각지도 못한 시선과 방해를 받았을 때는 너무 큰 상처를 받을 수 있다. 권력의 힘을 두려워해서가 아니라 예술로써 이야기하며, 공연의 힘으로 권력에 아름다움을 선물하여 닫힌 마음을 열게 하고 싶은 작은 소망을 갖게 되었다.

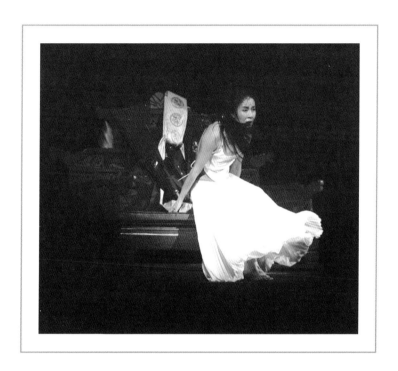

나 자신부터 다른 사람을 질투하거나 견제하는 모습을 갖지 않고 항상 밝은 마음을 갖는 자세가 필요할 것 같다. 그래서 다시 또 긍정적인 생각과 마음으로 힘을 내고 싶다. 큰 생각과 폭넓은 생각으로 모든 일을 받아들인다면 순수한 우리 춤을 더 아름답게 펼쳐 보일 수 있을 것 같다.

이번 공연을 준비하는 동안, 좋은 사람들과 행복한 시간을 통해 귀중한 인연을 만들었다는 크나큰 소득을 얻었기에 나는 또 참 행복한 사람이다. 「수정흥무」 공연이 끝이 아니라 지속적 공연을 동해 또 다른 장소에서 대중들과 소통할 것이다. 일반 대중들의 관심을 받기를 원하는 것이 먼저가 아닌 관객에게 먼저 친숙하게 다가가 한국무용의 흥과 멋을 잊지 않도록 나 개인부터 꾸준한 노력을 하고 싶다.

-댄스 포럼, 2015년 5월호

6.

열정과 허전함 사이

우리는 항상 앞을 보고 가지만 앞과 뒤는 하나이어서 보는 방향에 따라 앞일 수도 뒤일 수도 있다. 우리들의 일상에서 우리는 앞만 있다는 사고의 착각 속에 살고 있음을 부인할 수 없다.

기획·구성·안무와 연습을 해서 무대화하는 것이 앞을 보고 가는 행위라면 공연 후의 허전함 속에 찾아오는 자기반성, '좀 더 잘할 걸'이라는 생각은 앞과 뒤를 이어주는 마음의 공간일 수 있다. 공연 후의 작품에 대한 성찰은 다음 공연의 앞이 될 수 있기에 사실 무용예술인들의 다음 공연 앞은 이번 공연 후의 성찰에서 시작된다. 예술가들의 공연은 생활일 수밖에 없다 보니 일상의 공연예술에 대한 계획은 생활일 수밖에 없다. 예술가들은 어렵고 힘들지만, 공연을 통해 대중에게 좀 더 다가가기 위해 많은 것들을 포기하고 희생하며 다음 공연을 준비한다.

사실 앞의 화려함보다 뒤의 정리 정돈이 더 중요함을 살펴보면 1. 역사와 예술과 시간의 흐름을 정확히 간파하여 대중에게 다가가야 하는 정밀함을 요구한다. 2. 예술적 근거는 역사적 사실에 바탕을 두고 문학적 사회학적 논리의 근거를 예술적으로 표현해야 하기에 더더욱 한국무용 예술의 표현성을 대표한다 할 수 있겠다. 인간의 특징인 언어사용을 포기한 예술은 동서고금을 다 살펴봐도 딱히 없다 할 수 있기에 언어 없이 표현해야 하는 한국무용의 예술적 경지는 가히 어렵다 할 수 있을 것이다. 3. 전통이 가장 현실적으로 강조되며 생명인 한국무용은 과거와 현재, 미래를 아우르는 참으로 어려운 표현 예술이고 후대에 잘 전달해야 계승 발전되기 때문에 더욱더 앞과 뒤를 생각하게 되며 그 무게를 가늠하기 어렵다.

우리는 쉽게 잡을 수 없고 잡히지 않는 그림자를 표현해야 하는 것처럼 한국무용을 하면 할수록 어렵고 힘들다는 것은 새삼스럽지 않지만, 너무 어려워 표현이 힘들어 뼈와 뼈가 닳아 느끼는 아픔보다 더 힘들고 어렵고 공연 후 관객들의 냉정한 평가와 질책은 어느 아픔보다 견디기 힘듦을 한국무용 예술가들은 잘 알고 있다.

그래서 더욱더 춤추고 싶은 것을 잘하고 싶은 용기와 힘이 생기지만 한편으론 공연 뒤 오는 공허함 또한 크기에 항상 앞과 뒤는 하나같다는 생각을 저버리기 어렵다. 나는 선생님들과 선배들의 뒤를 보지만 정작 내 뒤는 후배들과 제자들이 보고 있다는 것을 가끔 생각한다. 나만 아니라 어렵고 힘들게 표현예술을 하는 한국무용인들과 모두 함께 생각해 보면 좋을 것 같다. 내 눈에 비치는 다른 분들의 뒷모습을, 또 다른 분들 눈에 비치는 내 뒷모습을….

어떤 사회학자들은 우리 인간들은 망각이 있어 삶의 혼란이 적고 질서가 유지된다고 역설하는데 사실 우리는 또는 어떤 개인들은 편의적이며 자기중심적 해석의 오류를 범해서, 망각하면 안 되는 것을 망각해야 하는 것을 계승시키는 오류를 범하고 있을 수도 있다고 생각해 본다. 나도 내 뒷모습을 보면서 이해해 본다.

예술의 사전적 의미는 인간의 창조 활동이라 나와 있다. 창조 활동에는 명암과 음영이 있을 수밖에 없다. 앞과 뒤는 창조가 가진 한계일 수도 있어서 우리 표현예술가들은 어려울 수밖에 없지만 그래도 우리는 내일의 공연을 위해 오늘도 고뇌에 찬 하루의 절박함을 다음 공연에 녹여 넣고 말리라 다짐하며, 아카시아 향기에 코를 박아본다.

-댄스 포럼, 2015년 6월호

7.

잊어야 할 것들에 대하여

    우리는 누구나 크고 작은 일을 하며 살아가며 직·간접적으로 관계가 형성되고 의견을 나누고 협력하고 함께 간 곳을 바라보고 현재나 미래나 가까이 있거나 멀리 떨어져 있거나 어떤 동기로 기억하게 된다. 이제 어떤 유혹에도 넘어가지 않는다는 불혹을 넘긴 지금, 그런 나를 물안개 핀 호반에 앉아 물끄러미 바라보며 기억될 것들을 생각해 본다.

    오늘의 나는 과거보다 현재, 현재보다는 다가오는 미래의 나를 더 비중 있게 생각하고 우리가 살아가면서도 과거의 우리, 현재의 우리, 미래의 우리에 있어서 중요한 것은 미래의 우리일 것이지만 여기에는 몇 가지 요건을 완성해야 한다.

    첫째: 예술을 사랑하는 일이다. 강요나 억압, 출세나 부의 수단

이 아닌 한국무용을 사랑하는 일이다. 한국무용은 거래의 대상, 명예의 발판, 부의 축적 대상이 될 수 없음에도 불구하고 그릇된 가능성을 엿보는 자들은 예술혼이 결핍된 사람들이다.

둘째: 한국무용을 출세나 명예의 도구로 사용하지 말아야 한다. 예술가들이 자리나 직급, 서열을 중시하며 우선순위를 정하는 것은 예술 작업을 왜곡시키는 일이다.

셋째: 예술의 사유화를 경계한다. 개개인의 예술가들은 천부적 예술성, 정신적 예술성, 습득된 예술성이 어우러져 한국무용의 예술적 가치관을 완성시킨다. 개인의 예술성은 분명 공공의 예술적 성격도 크다 할 수 있다. 작품마다 개개인의 독점적 고유성을 지나치게 주장함은 무리이다. 과거나 현재의 예술이 독점적 고유성이 강조되면, 한국무용의 정체성을 결코 극복할 수 없다. 따라서 극복해야 하고, 극복해야만 하는 유일한 방법은 기억을 덜 하면 어떠냐고 생각해 본다.

현재는 과학 기술이 발달하고, 의학적 기준이 달라지고 학술적 논리가 많아져 우리들의 역할이 적어져 너무 많은 것을 자기중심적으로 기억하고 우리는 살아가고 있다. 좋은 것, 편리한 것, 유리함에 치우친 것, 나만 강조된 것, 명예로운 것들만 기억하고 모방하며 흉내 낸 것은 남의 것이다. 알아야 할 것들은 잊어버리고 예술 또는 한국무용을 매개체로 잊어버리려야 할 것들을 기

억하고 기억할 것을 잃어버리는 착오적 현실 속의 예술만 좇는 모습이 한국무용의 정체성을 말하는 것 같아 씁쓸하다.

도시를 만들고, 집을 새로 짓고 새로운 도구를 만들어 내는 것을 창작이라 하지 않는다. 정신적 지배력이 크고 오랜 기간 많은 사람에게 영향을 미치는 인간의 정신적 지배력이 큰 분야를 예술이라 할 수 있고, 그 예술 속에서 미래 지향적 성향이 강할 때 창작 작품이라 하는데, 한국무용의 정점은 민족의 우수성이 입증되는 창작무용이 한국 문화 전파의 한 축을 이뤄야 한다고 할 수 있는데, 그 저해 요인은 지나치게 강조되는 전통과 기억이 아닐까 생각해 본다.

이제 우리는 잊어버릴 것과 기억해야 할 것을 냉정하게 구분하여 예술적 가치관에 비중을 좀 더 두어 잊어버릴 것, 기억하지 말 것을 기억하지 않았으면 하는 마음으로 피어오르는 물안개를 날려버린다. 미래 지향적 창작 정신에 다 함께 기억을 공감했으면 한다.

-댄스 포럼, 2015년 7월호

과거는 나의 힘

　나는 부모님이 사랑하는 장녀로 태어났다. 상업에 종사하는 부모님의 일상의 시간 제약상, 장녀인 나는 세 동생을 돌보며 생활해야 했고, 자매들 간의 특별한 사랑을 바탕으로 크고 작은 기쁨과 슬픔을 나누면서 자랐다. 나는 어려서부터 예능에 특별한 재능을 보이고 놀이로 즐기는 모습을 보신 부모님의 권유와 눈물어린 뒷바라지로 한국무용의 기교를 습득하고 성장하면서 내 나름대로 각고의 노력을 다해왔다.

　국립무용단 입단 후 얼마 되지 않아, 아버지가 돌아가셨다는 하늘이 무너지는 듯한 소식을 들었고, 경제적 어려움 속에서도 한국무용의 예술적 재능과 기량을 연마해야 한다는 엄중한 책임감과 동시에 동생들의 모범이 되어야 했기에 한 치의 흐트러짐 없이 열심히 노력하는 생활인이 되어야 했다. 그러기 위해서는 일상 소소한 행복을 나눌 기회를 접고, 쉼 없이 춤에 매진했다.

바쁘고 숨죽일 틈도 없이 움직여야 하는 국립무용단 생활도 가족들에게는 큰 도움이 되지 못했지만, 현실적 미래에 대비하여 꾸준히 새벽 연습과 교습을 겸해야 했다. 어렵고 힘들 때 가족들의 격려와 용기는 큰 힘이 되었다. 이제 동생들도 모두 각자의 가정을 이뤄 남다르게 행복한 생활을 하며 아름답고 긍정적이며 예쁜 생각으로 열심히 생활하는 모습이 아름답다.

예고 3학년 겨울, 집에서 2시간 거리를 엄마와 입시 교습을 받으러 가며 떠올렸던 미적 표현과 생활의 팍팍함이 대비되어 주마등처럼 스쳐 간다. 불혹을 넘겨서도 엄마의 사랑과 동생들의 응원과 용기를 다 헤아리지는 못하지만, 이제 조금이나마 알 것 같아 가슴이 먹먹해져 온다.

성장에는 성장통이 따르듯 이제는 어머니에 대한 효를 생각하며 사랑으로 바라보려고 노력하지만, 무용인이자 국립무용단 일원으로서 초점을 맞추려고 노력한다. 내 몸속에 녹아있고, 나를 감싸고 있는 한국무용의 모습은 항상 내가 그리는 그림이지만 시간은 늘 내 편이 아니었다.

대학원 생활과 강의는 가녀린 나를 두 배 바쁜 전문 생활을 요구했지만, 적응 후에는 오히려 힘이 되었고 무용단에서도 큰 도

움이 되었다. '땀 없는 발전 없고, 고통 없는 성장 없다.'라는 진리를 머릿속에 담고 새벽부터 밤 늦게까지 국립무용단 연습실을 떠나지 않았던 자신이 대견스럽고, 무용단 작품공연이나 개인 작품을 만드는데 밑거름이 되었다.

이제 후배들이나 제자들에게 들려주고픈 많은 이야기와 마음의 보따리를 풀어놓고 싶다. 예술적 가치관의 기준은 개인차가 있다고 알고있지만 두 배 바쁘게 성장통을 느끼며 지금까지 느낀 한국무용을 통해 좀 더 바쁘고 더 아픈 통증을 느끼는 한국무용이 되어야 한다고 생각한다. 보따리를 풀어놓을 공간개념의 장소는 무용단이고, 맞추고 싶은 초점이 무용단임은 부인할 수 없는 사실이며, 혼자만의 욕심이나 생각이 아니라고 감히 생각한다.

저 멀리 지평선 너머로 끝없이 끌고 갈 예술적 한국무용의 동력이 무엇인가를 생각해보면 동력의 주체는 역시 땀이라고 주장해본다. 동력은 에너지를 바탕으로 끊임없이 반복되는 제 꽃가루받이의 특성이 있어서 동기부여의 반복이 있어야 한다.

이에 부응할 수 있는 준비와 훈련이 충분히 되어있기에 나 자신도 놀라움을 감추지 못하지만, 반쪽의 완성됨에는 부족함을 갖고 노력만 하는 우직스러움이 지금까지의 나 자신이라 생각한다. 앞으로는 좀 더 성숙함을 바탕으로 함께하며 나누고 즐겁고 완성할 수 있는 자신의 모습을 찾아가야 겠다.

　내 마음에 담겨져 있는 한국무용의 절대 미적 감각을 표현하고 그 아름다움을 적극적 사고로 나타내기 위해서는 내 마음이 미적 감각과 아름다움에 흠뻑 젖어 있어야 표현될 수 있음을 이제야 깨닫고 좀 젖어지고 싶음을 감추지 않고 나타내본다.

　-댄스 포럼, 2015년 8월호

9.

꿈과 행복을 가져다 주는 한국무용

    그리워하며 힘들어하며 우리들은 행복을 꿈꾼다. 상상으로 그려보는 것이다. 우리 고전「흥부전」의 이야기는 이 상상의 결미라는 학자들의 해석이 있다. 흥부의 가난으로 끝이 난 것인데 착하게 산 그의 앞에 대박이 터지면서 보물단지가 쏟아져 나온 것은 상상이라는 이야기이다.

    어쨌거나 아무리 어려움이 있어도 사람들은 미래의 한 가닥 희망을 쥐고 보다 나은 내일, 내일은 더 나아질 것 이라는 긍정적인 힘에 의해 한 발짝씩 나아가고 있다고 믿는다. 누구나 다 그런 삶일 것이다. 학식이 많으면 많은 대로, 가진 것이 많으면 많은 대로 적으면 적은대로 기쁨이 있고 슬픔이 있고 기대가 있고 꿈이 있을 것이다.

결국 우리들이 원하는 것은 행복이라는 말에 수렴이 된다고 믿는다. 행복은 만져지거나 보이시는 않지만 느낄 수 있는, 누릴 수 있는 무엇이기에 그 무엇을 우리들은 항상 꿈을 꾸며 살아간다. 그러나 행복을 꿈꾸고 꿈을 꾸기 위해서 노력하는 게 아니라 우리는 그 꿈속에 머물기를 원하기도 한다. 얻었을 때보다 얻는 과정, 즉 꿈이 있을 때 더 행복하다는 의미이다.

꿈을 위해서는 각자 살아가는 과정에서 나름대로 무한노력을 해야 하지만 나에게는 한국무용이라는 특별한 분야가 큰 행복을 가져다준다는 것을 만인에게 알리고 싶다. 전공자이건 비전공자이건 한국춤을 추어보면 그것이 많은 행복을 가져다 준다는 것, 꿈을 꾸게 한다는 것을 알 수 있다. 한국춤은 장인정신을 필수로 한다.

많이 기다려야 하고 순간순간 내 몸 부위 부위를 다듬고 다스려야 한다. 그렇다고 결과가 그다지 큰 것도 아니다. 어떤 의미에서 자기 만족적인 요소가 더 큰 것이 한국춤이다. 이것은 전공자로서의 주장일 수 있겠으나 보통 정신적인 고단함을 치유하는 과정으로 한국춤 만큼 좋은 것이 없다. 무엇보다 한국춤은 춤추는 그 순간을 행복하게 한다.

꿈속의 과정처럼 자신에게 집중해 있는 상태이기 때문이다. 여고생들이 같이 읽던 소설 박계형 지음의 「머물고 싶은 순간들」은 그 제목이 좋아서 사춘기의 학생들을 사로잡은 면도 있다. 머물고 싶은 순간들, 그 많은 순간이 한국무용과 함께 있었다.

일반인들이 행복감을 성취하는 좀 더 적극적인 방법으로 한국춤을 배우기를 권한다. 신체 훈련의 단계 단계는 정신적 교류의 장인정신과 닿아있다. 한국춤과 함께 하면 행복하고 우리가 꿈속에 머무는 시간이 늘어날 거라는 생각이다. 한국무용은 토속적이며 친근하며 우리의 몸속에 잠들어 있는 잠재적 에너지라 할 수 있다. 우리의 잠재적 에너지를 터트려 행복한 꿈속에 유영할 수 있다.

한국무용은 신체 훈련의 직접적인 요소뿐만 아니라 전통춤을 통한 한국의 역사적 사실, 문화의 의미와 배경과 민족의 특수성을 자연스럽게 이해하는 과정이 따라온다. 그러면서 흥을 느끼게 되고 더없이 좋은 상태가 된다. 전공자로서 나는 한국 창작무용을 시대적 배경, 사회발전 방향, 역동성, 그 어떤 외침으로 이해한다. 그 표현 언어를 찾아내고 남이 만든 작품 중에서도 그것들을 들었을 때 어디에도 비교할 수 없는 행복감을 맛보게 된다.

진정한 꿈은 내 안에 있다. 자기만의 꿈밭을 잘 가꾸고 유지해야하는 부담은 있다. 그렇기에 더 소중하다. 현대에 와서 무용하는 사람들이 한국무용을 자기 안에 두려고 하는 점 때문에 다소 작아지는 것이 아쉽다. 꿈도 작아지고 꿈속에 머무르는 시간도

줄어들었다. 한국무용은 표현예술로서 어떤 방식으로든 예술가의 정서적 위기 속에 발생되고 형성된다고 생각한다.

무용예술가는 작품을 대면하게 될 사람들이 예술가 자신의 원래 감정과 접촉하도록 그려지기를 원한다. 즉 정신적 특징이 만들어지는 과정과 긴밀한 연관성을 갖는 예술철학으로 논의되기를 바란다. 이것은 예술가의 소박한 꿈일 수도 있지만 무대 위 대중과의 만남이 가장 중요하며 춤예술가로서 본다면 춤을 추는 핵심이라 할 수 있다.

예술은 인간의 감성적 조건과 이성적 조건을 매개하는 유희본능 즉 심미적 충동에서 비롯되는 정신적 충동을 유발함으로써 이상적 충동을 가져오게 된다. 나는 이것을 꿈이라 하기도 한다. 꿈의 기능이 진리나 신적인 가치, 교훈전달의 수단, 한갓 유희나 목적 없는 무상의 행위 속에서 발생하는 쾌의 효과인지의 문제는 어제, 오늘 제기된 것은 아니다.

예술이 인간에 대해 지니는 파급효과가 크다는 것은 동서양 모두에서 인지되어왔다. 예술은 인간의 정서적 감흥과 쾌를 불러일으키고 유도된다. 또한 감성적이며 인간 정신의 좀 더 높은 차원과 관련되어 있다고 믿어졌고, 예술을 통한 정신의 순화나 고양이 강조되며 이것들은 인간에게 커다란 즐거움을 제공함과 동시에 교화나 교육을 위한 강력한 수단이 될수 있음을 말한다.

지루하고 딱딱한 교훈적 내용이라도 재미있는 연극이나 무용, 음악의 형식을 빌려서 전한다면 그 효과는 클 것이다. 예술을 통한 인간의 꿈은 정신적 도구나 가치관의 협소함을 떠나 새로운 도구를 자리매김할 수 있는데 이는 의식의 도구화이기 때문일 것이다. 예술의 도덕적 내용과 형식까지 규제하며 이상국가에서의 도덕적 효용만을 생각할 수는 없다.

　우리는 예술에 대한 철학적 인식과 사유 방식을 체계적으로 접근시켜 구체적 예술현상이 어떤 철학적 사상과 인간의 내적 성찰에 좀 더 관심을 갖고 이해할 때 영혼의 자유로운 나래를 펼칠 수 있을 것이다.

　나는 오늘도 외치고 싶다. '꿈을 원하고 행복을 원하는 사람들이여, 아픔이 있는 현대의 모든 사람들이여, 한국무용 예술을 관람하고 여건이 여의하면 직접 몸으로 해보시라, 그러면 순간순간 삶이 의미를 다시 발견하는 기회를 얻을 수 있을 것이다.'라고.

-댄스포럼, 2015년 9월호

10.

밉고 가여운 자화상을 바라보며

    가을밤 꺼내든 시집에서 윤동주의 「자화상」을 만났다. 돌아보고 또 돌아보는 반성과 성찰이 담겨 있었다. 우물을 들여다보며 이상향을 떠올리고, 그와 대비되는 어쩐지 미운 자기 자신의 모습을 직시한다. 어쩐지 가여운 연민에도 빠져본다. 자화상의 한 구절 한 구절에 고개를 끄덕이며, 나 또한 펜을 들어본다.

    자화상(自畫像)

    산모퉁이를 돌아 논가 외딴 우물을 홀로 찾아가선 가만히 들여다봅니다.
    우물 속에는 달이 밝고 구름이 흐르고 하늘이 펼치고 파아란 바람이 불고 가을이 있습니다.

그리고 한 사나이가 있습니다.
어쩐지 그 사나이가 미워져 돌아갑니다.

돌아가다 생각하니 그 사나이가 가엾어집니다.
도로 가 들여다보니 사나이는 그대로 있습니다.
다시 그 사나이가 미워져 돌아갑니다.
돌아가다 생각하니 그 사나이가 그리워집니다.

우물 속에는 달이 밝고 구름이 흐르고 하늘이 펼치고 파아란
바람이 불고 가을이 있고 추억처럼 사나이가 있습니다.

(시인 윤동주)

　사람마다 살아가는 방법과 모습이 모두 다르니 누군가를 가리
켜 맞다 틀리다를 논할 수 없지만, 자기 자신을 돌아보며 소음을
내는 자기평가의 시간은 찹쌀떡의 단팥만큼이나 그 필요성이 크
다. 인생에 의미를 더하고 새로운 내일을 마주하게 하는 중요한
시간이기 때문이다. 이 시간 속을 걷다보면 가장 가까우면서도
먼 것이 자기 자신의 삶이라는 아이러니에 도달하게 된다. 존재
가 곧 삶이기에 가깝고, 반추하지 않으니 낯설다. 누군가의 배려
없음에 혀를 찬다, 관심도 없었고 상상도 못했던 자신의 배려심

을 마주하고는 그 하잘 것 없음에 민망함을 감추지 못할 때 그렇다. 또 누군가의 매너없음에 눈살을 찌푸리다, 시간을 확인한답시고 공연 중에 핸드폰을 켜는 자신을 자각할 때 그렇다.

삶을 객관화하여 바라보면 보다 성숙해진 사고와 유연해진 인간관계를 느끼게 된다. 자신에 대한 검토와 평가가 깨달음으로 이어지고, 삶의 실천으로까지 연결될 수 있다면 더욱 그렇다.

실천을 위한 의식적 노력을 기울이지 않더라도 빈추했던 그것과 유사한 상황을 만나 문득 옭아매는 부끄러움을 느낀다면, 점차 성숙해지는 과정 속을 걸어가고 있다고 할 수 있다. 자신의 배려 없음을 문득문득 자각하는 것, 불편을 끼치는 습관을 반복하고 후회하는 것 모두 맥락을 함께한다. 그런 과정 속에서 우리는 스스로를 다듬는다.

마흔이 넘으면 자기 얼굴에 책임을 져야 한다는 링컨의 말처럼 우리는 성격도 인상도 조각하며 살아간다. 성찰과 자기평가를 통해 성격을 조각하고, 그 성격이 눈썹, 미간, 눈, 코, 입으로 표출된다. 비단 얼굴이 표정뿐 아니라 몸의 풍채, 움직임의 느낌, 풍기는 분위기 등 겉으로 드러나는 모든 것이 내면적 표현의 영향 아래 자유롭지 못하다. 화를 자주 내는 사람은 화난 인상을 풍기고, 성격이 온화한 사람은 온화한 인상을 풍긴다.

그러니 인간의 신체는 발산과 표출의 산물이고, 예술적 표현론적 관점에서 이것은 우리 자신의 인생을 창조하는 예술가임을 가리킨다. 게다가 모든 예술에 담겨있는 개성과 독창성을 삶 또한 고스란히 지니고 있다. 특히 자아실현(self-realization)이야말로 그렇다. 고유의 자아를 탐색하고 실현하며 자기만의 인생을 창조하는 것은 예술 중의 예술이다. 이러한 자아실현의 예술은 자신에 대한 객관적 평가를 통해 완성된다.

문득 웃음이 난다. 예술가라는 직업과 예술을 사랑하는 마음을 정말 숨길 수 없구나 싶어서다. 어떤 주제를 떠올리며 펜을 들어도 이내 예술가로 회귀하는 습관을 이제야 깨닫는다. 가을밤의 두서없는 감상을 풀어내며 그렇게 또 한 번 나를 되돌아본다.

-댄스포럼, 2015년 10월호

11.

새로움을 알리는 계절, 이 가을에

숨 가쁘게 휘몰아치며 환경이 변한다. 현실 파악과 적응도 하기 전에 또 다시 변화가 밀려온다. 그 변화의 새로움을 감당해내지 못하는 현대의 우리는 너무 지치고 힘든 나날 속에 처해있다. 이때, 한줄기 시원함을 주는 것은 자연, 자연이 주는 청량감일 것이다.

요즈음 그 자연이 주는 일상이 모두를 서정시인으로 만들고 자연주의 화가로 만든다. 오늘은 혼자만의 실존주의 작가가 되어 보는 가을빛 따사로움이 참 좋다. 이러한 즐거움이 주는 느낌은 개개인의 감성과 느낌에 대한 평가를 나타낸다.

가을을 노래하며 공연을 접하고, 공연을 준비하고, 공연을 그려볼 때 감각이 무뎌짐은 어쩔 수 없다고 해도, 공연을 해서 또

다른 평가를 받아보고 싶다. 우리는 아니지만 나는 그래도 공연을 그리며 공연을 준비하고 연습할 때 행복하다면, 공연을 할 때 보다는 공연을 마치고 무대에서 내려왔을 때 오히려 더 설렌다.

 이것은 관객의 평가를 기다리기 때문이라 생각한다. 따사롭고 고운 가을빛을 받으며 감성을 평가하듯, 공연을 마치고 무대에서 내려와 관객의 평가를 기다린다. 이 평가에 울고 웃고 설레임은 우리 무용예술인들의 운명이라 생각한다.

 상큼한 이 가을, 자연이 주는 청량감. 우리가 갖고있는 설레임으로 예쁜 한국무용공연을 하고 싶다. 바람이나 낙엽이나 구경 나온 사람들 그리고 하얀색 파란색 빨간색 노란색의 예쁜 씨앗과 과일, 곡식 등을 모아 풍성하게 넣고 여유롭고 향기 나는 것들을 '모아공연'을 하고 싶다.

 가을이 모인 '모아공연'을 본 우리는 내 마음이나 가을이나 상대의 마음이나 향기나 공연에 대한 느낌이나 한국무용의 가을선 등에 어떤 평가를 해야 자연이 주는 상큼함을 갖는지 알아야 한다.

 자연이 주는 상큼함을 우리는 모르거나 잊어버림으로써 다르고 새로운 그 무엇인가만 찾는 우를 범하게 된다. 표현예술인 한국 무용을 사회적·주관적·부분적 느낌으로 주관적 주장과 설명을 반복적으로 하다 보니 공감보다는 비판을 먼저하고 이해보다는 오해를 먼저 접하고, 새로움보다는 익숙함을 먼저 말함은 상큼함을 모르기 때문일 것이다.

가을은 지나감의 끝이자 새로움의 시작이라 말한다. 지난 여름은 유난히 덥지도 뜨겁지도 않고 비가 많이 오거나 메마르지 않았고, 희망과 꿈을 가지고 기다렸음에도 불구하고 우리들의 기준은 세워지지 않고, 서로 비판하고 뜻 모를 웃음으로 대하고, 가치 없는 모함과 비판도 서슴없이 해온 것이 사실일 것이다.

기준이나 가치관은 우리 스스로 정하는 정의임에도 우리는 세우지 못함을 반성함보다는 모함하고 끌어 내려 부단히 애쓴 흔적들을 지울 수 없다. 이제 그 여름은 가고 상큼한 가을, '새로움의 시작의 계절' 가을이다. 이 가을은 누군가를 그리워하고 낭만논객이 되어보는 상큼함으로 맞이하여 우리들의 기준을 세우면 참 좋겠다.

좀 설익었고, 내가 좋아하는 단풍잎과 청명함이 아니더라도 상큼함이 있다면 그 상큼한 가을로 기준을 삼아 한 번쯤 모두 좋아하고 격려해주고 지켜봐 줘서 더 높고 깔끔한 가을 하늘 한 가닥이 되도록 우리 모두 응원함은 멋진 일일 것이다. 이런 사회적 평가는 한국무용만의 특성일 것이다.

-댄스 포럼, 2015년 11월호

춤의 예술적 표현

일상에서 항상 여러 가지를 두고 하나를 선택해야 하는 표현예술의 고민과 어려움 속에서도 우리는 잘 훈련되어 있는 것 같다. 물론 일상생활이라는 대전제가 있지만. 예술적 감각에서는 여러 가지가 존재하지 않음에 항상 한계를 느끼며 새로운 감각을 찾아보지만 수월치 않음은 정신적 고통을 느껴야 찾을 수가 있는 예술혼 통증일 것으로 생각한다.

일반적 관점에서 항상 개개인의 마음에 들면 좋고 조금이라도 서운하면 좋지 않다는 냉정한 비판이 따르지만, 같은 예술을 통해 교감하고 이해하고 격려할 수 있는 비슷한 표현예술가들의 평가는 항상 비수에 찔린 듯 아프다. 아픔이나 어려움도 성격이 다르듯 비판이나 평가도 이제는 좀 달라졌으면 한다.

지금까지는 내적인 예술적 평가가 많았고 비중이 컸다면, 앞으로는 외적인 평가나 대중적 평가가 비중이 크고 직접 평가를 접할 수 있었으면 한다. 분명 예술적 평가와 대중적 평가는 근본적인 출발점부터 다르다. 예술적 평가의 좋은 점은 작품의 성격 규명이 쉽고 연습량 정도를 바탕으로 창작성을 표현할 수 있고, 예술적 지표를 제시할 수 있으며 설명할 수 있다.

불편한 점은 적극적 표현에 대해서는 예술성 부재라고 쉽게 지적하지만, 적극적 예술 행위에 대해서는 전통성이 빠져있다는 혹독한 비판에 직면한다는 것이다. 우리는 오늘 내가 한 행위나 행동을 내일 돌이켜보면 잘못하고 후회하는 경우가 종종 있음에 공감한다.

그렇다면 누구든 자아 모순에 빠질 수 있다. 최소한 표현 예술은 좀 관대한 평가나 비평도 필요하다고 생각한다. 표현 예술의 예술성은 누구도 명확한 정의를 내릴 수 없듯이 표현예술가들 또한 어떤 공연이든 형언할 수 없는 정신적 고통 속에 작품을 구성하고 연습한다.

표현예술은 자기 만족적 표현이 될 수 없기에 어떤 예술작품보다도 더 역사성 속에 아픔과 인내 속에 표현하는데 일반적으로 내적 평가가 너무 쉽게 일어나 공감대 형성이 잘 안 된다. 이제 표현예술을 접하기가 쉬워졌으니 보다 대중적인 그룹의 평가

와 예술성 담보가 필요하다.

대중들은 작품과 표현예술가의 고뇌와 표현, 역사적 진실과 교감할 수 있는 근거를 찾으며 느낀다. 어쩌면 대중들이 표현 예술을 접하는데 보다 현실적일 수 있다는 생각에 머물다 보면 평가나 비판에 대한 기준도 달라져야 할 것 같다. 교감이나 교류, 소통을 우리는 쉽게 말하고 제시하지만 이것의 공통분모는 하나가 되어야 이루어지는 것들이다.

대중과 관객이 하나가 되어야 소통이 이루어진다. 예술을 표현한다는 것은 결국 관객과의 교류이고 사회와의 교류이고 문화와 정서가 다른 국가와의 교류이며 선조와 후손들과의 소통이기도 하다. 나이와 남녀 성별을 초월한 교감이 표현예술인 것이어서 가장 가까이 있음에도 대중과 교감하지 못함은 어쩌면 우리 표현예술인들의 소극적 표현일 수 있다는 생각도 해본다. 예술도 구호가 아니면 행동을 요구함은 시대적 흐름이다. 분명 소극적 표현보다는 적극적 표현이 더 좋을 수 있다.

적극적 표현을 하기 위해서는 몇 가지 충족되어야만 하는 필수요소가 있다.

먼저 사실적 역사성을 바탕으로 한 이해와 적용이다. 한국 무용의 역사적 자료와 인접 학문의 고증을 통한 이해를 바탕으로 한 예술의 복원과 재현이다. 그러기 위해서는 복장, 생활, 풍습 등에 관한 역사 공부를 해야 한다.

그 다음은 신체로써 예술을 표현하는 우리는 몸의 구조를 좀 더 많이 이해하고 알아야 할 것 같다. 우리 몸은 해부학적으로 뼈와 근육, 신경과 장기들로 이루어지는데 이것들은 쓰임과 작용이 모두 달라서 이해하고 사용한다면 훨씬 더 아름답고 완성도 높은 예술적 표현이 될 것이다.

다음은 외적인 시각과 평가이다. 내 안에 머물러있는 시각으로 표현하니 교류나 교감이 있을 수 없고, 소통이 안 되어 평가가 바르지 않는 경우를 많이 봐 왔다.

다음은 행동이다. 적극적 표현은 구호가 아닌 행동을 말함은 누구나 가슴에 와 닿을 것이다. 표현예술가들의 표현 즉 행동은 공연이다. 우리는 공연을 통해 외부 인사를 만난다. 그런데 표현예술가들의 공연이 너무 적은 것이 아닌가 함은 나만의 생각이기를 바란다. 공연장 대관 일정표를 보면 공연 없는 날이 참 많다. 공연장에 공연 없는 날이 많다는 것은 표현예술가들이 쉬고 있음이 아닐까 한다.

다음은 이해이다. 비예술가들이 표현예술을 적극적으로 이해하고 준비해서 구성했을 때 우리는 좀 더 적극적이고 다양하게 표현하고 그러기 위해 온 힘을 기울일 것이다. 준비는 인적·물적·사회적·역사적 준비를 포함한다. 이때 비로소 외적으로 높은 평가를 받고 큰 호응을 받을 것이다. 이것을 예술혼이라 부르고 싶다.

-댄스 포럼, 2015년 12월호

13.

새해 한국춤을 위해 정리해본 몇 가지

역사적 혼과 사실이 담긴 한국 무용 예술을 관객들에게 보여주고 진한 감동과 여운을 주기 위해서는 한국 무용예술인들이 기본적으로 갖춰야 할 지속성, 학습성, 건강성, 시대성, 평가성 등과 같은 묵시적 계율과 지침이 있다고 생각한다.

지속성

한국무용 예술은 성장 과정에서 갑자기 하고 싶다고 되는 것이 아니다. 부모의 예술적 사고와 판단을 바탕으로 어린아이가 입문하여 매일 반복되는 연습과 배움이 있어야 하는데, 여기에는 부모의 경제적 여건과 배움을 주는 교사와의 만남을 바탕으로 연습이 시작되어야 한다. 연습이 시작되면 모든 것이 희생되어야 한다. 부모의 경제력, 형제들의 불이익, 공부, 친구, 성장 과정의 욕구, 명절, 여행, 일상생활 등등 헤아릴 수 없을 정도로 많은 사소함과 중요한 것들을 참고, 한국무용 예술만을 생각하며 인성, 성격, 도덕, 자아 등을 쌓을 시간도 없이, 인간의 내면까지 희생하며 연습해야 한다. 한국무용 예술과 예술인들은 우리만 대상으로 하지 않는다. 관객들, 미래의 관객들, 다른 문화 속의 외국인들, 즉 미래의 인류까지 포함하여 온 인류의 것이다. 여기에 한국무용 예술인들의 가치관이 있다. 우리는 좀 크고 넓게 그리고 둥글게 봐야 할 것 같다는 생각에 가슴이 먹먹해진다. 먹먹해진 가슴을 안고 수십 년을 노력해야 하나의 장르를 만들어 볼 수 있기에 지속적인 연습과 자기 훈련이 필요하다.

학습성

예술은 논리적 완성도를 바탕으로 이론적 구성과 이해됨이 높아야 예술과 예술성의 습득과 연습을 시작할 수 있기에 역사, 논리, 수사, 종교, 철학, 문학 등 여러 인접 학문과 배경적 이론학습 등이 습득되고 이해되어야 예술적 표현이 가능하며 완성 시킬 수 있다. 그렇지 못하면 불완전한 동작과 표현의 어려움에 직면, 정체기에 빠져 결국 완성도가 떨어질 수밖에 없다. 예를 들어 예술은 혼을 일깨우고 전달함이 작은 소명이라면 음악적 예술이 더해지면 훨씬 효과적이며 빛나는 예술이 된다. 그럼 음악적 요소도 습득해야 하고, 더군다나 오랫동안 어려운 예술을 하게 됨에 따라 힘들기에 예술의 완성도를 높이려면 여러 분야에 걸친 학습으로 지식을 습득해야 할 것이다.

건강성

혼을 표현하는 한국무용 예술은 먼저 정신이 바르고 사상과 철학이 확고하여야만 지속적이며 자기 연마의 극기가 이루어진다. 그렇지 않으면 갖은 유혹과 나태함 때문에 결코 예술을 완성하지 못함은 자명하듯이 마음 또한 바르지 못해 예술 외적인 것들의 유혹에 자신을 지켜내지 못할 것이다. 정신과 마음이 건강하지 못하다 하면 몸은 당연히 무너져 키는 크고 다리도 길고 등 무용 예술표현 신체조건은 좋게 태어났어도 골반과 어깨의 균형감 상실과 짝다리 체형에 팔과 허리의 과도한 지방 쌓임으로 예술을 하기 나쁜 몸으로 변함은 시산문제이다. 한국무용 예술인들은 정신·마음·몸이 항상 건강하며 건전하게 유지하고 있어야 한다.

시대성

한국무용예술인들은 정신, 마음, 몸의 건강함을 바탕으로 예술의 혼을 키워나가야 하지만 현대를 살아가는 정말 건강한 사회인이다. 사회적, 금전적, 조건적, 유혹이나 제약이 많지만 이런 유혹을 과감히 털고 굳건히 예술혼 완성에 매진하기 위해서는 시대적, 사회적, 국가적 이해와 적극적 참여가 필요함에도 경제적 논리에 밀려 관심밖으로 밀리는 현실은 슬프기도 하다. 우리는 작고 소박한 관심을 꿈꾼다. 그것은 한국무용 예술을 즐겨주는 관객을 만나는 꿈이다. 즉 즐기는 한국무용 예술을 하는 것이다.

위와 같은 많은 희생을 바탕으로 많은 학습을 통해 건강함을 바탕으로 완성되는 한국 무용 예술을 즐기면서 평가했으면 하는 소망이다. 한국무용 예술만은 사회적, 경영적, 시대적, 비교적 평가보다는 한국예술로 예술적 평가를 받고 싶다.

-댄스 포럼, 2016년 1월호

14.

춤의 혼을 살리러 연습실로 향하며

우리는 현대인들의 특징 중 하나인 자기모순에 빠져있는 경우가 많다. 현대사회의 특징 중 하나는 급속히 변화한다는 점이다. 급속히 변화하는 현대사회를 살아가는 개개인도 급속히 변화한다. 정보의 홍수 속에 살아가는 우리는 빠르게 변화할 수밖에 없는 환경이고 흐름인 것이다. 하지만 문화예술 가운데 한국전통무용 예술은 새로움 속의 변화보다는 지키며 다듬고 이어져야 하며 지속적이어야 역사와 현대의 동시대의 시간 속에서 지속해서 이어지고 전해져오는 혼의 예술이라 할 수가 있기에 우리 민족의 정신이라고 한다.

한국전통무용 예술은 지속성 유지를 위해 다음과 같은 것이 필요하다.

첫째, 이론적 근거는 역사를 통해 찾아야 한다. 많은 학자와 연구기관에서 찾은 학문적 근거를 좀 더 명확하게 설명할 수 있는 해석과 인접 학문과의 연계성을 바탕으로 논리적 역사적 사실 관계를 찾아야 하는데 단절되는 경우가 있어 아쉬움이 있다. 개개인의 문제가 아닌 한국전통 무용적 측면에서 공동연구와 역사적 근거가 있어야 '나이와 세대를 뛰어넘어 연구·개발로 이어져 감으로써 지속적이다.'라고 할 수 있을 텐데 공동연구하는 모습이 적어 아쉽다.

둘째, 역사 속에서 찾은 한국전통무용의 원작을 복원하는 노력을 요구한다. 원작이 연구·복원되어 있지 않은 부분이 많다 보니까 여러 의견이 많아 혼란스럽고 근거 없는 경우도 많이 생긴다. 예를 들면 한국 전통춤 의상은 복장사를 통해 고증과 검증을 거쳐 제작되어야 그것이 하나의 기준이라 할 수가 있음에도 불구하고 여러 가지 이유와 제약, 무용수 개개인의 사정 때문에 생략되고 변형되고 변화된 모양으로 하다 보니 일정한 시간이 지난 지금은 '혼란스러움의 연속이다.' 라고 할 수 있다. 이러함은 혼을 찾기 어렵다 할 수 있지 않을까 싶다. 어떤 경우에는 의상 소재도 현재가 아닌 옛날의 천으로 제작된 의상으로 관객과 만나야 공감대가 더욱더 좋을 것 같다.

현시대를 살아가는 우리는 우여곡절과 혼란 속에서 땀과 열정으로 전통춤을 이어오고 있지만 어린 후배들이 무대에 오를 때

쯤은 더 큰 혼란과 정체성에 빠질 우려가 크다. 이와 같은 우려가 현실이 된다면 한국전통무용 예술이 역사와 민족의 혼을 바탕으로 한 창조적 혼의 예술이라 할 수 없을 것 같다. 현시대의 한국전통무용인으로서 심히 염려스러울 뿐이다.

셋째로 전문 공연장과 장비의 현대화가 시급할 것 같다. 한국전통무용 예술이 지속해서 발전이 계승되며 차원 높은 예술로 승화하기 위해서는 누구나 쉽게 한국전통무용 예술을 접하고 즐기고 연구하는 사회적 약속이 필요한데, 그러기 위해서는 생활 속의 공연장이 많아야 할 것이다. 예술의 예외적 시설과 수익성 보장과 지원을 통한 대·중·소 전문 공연장 설립이 활성화되면 생활 속의 예술이 될 수 있을 것이며 기존공연장도 시설낙후로 인해 혼을 담은 작품을 공연해도 음향이나 조명등 시설로 인해 무용 예술작품이 빛을 잃는 경우가 너무 많아 안타까움을 떨쳐버리지 못할 때가 많다. 이러한 안타까움 속에 한국전통무용 예술을 볼 때는 더욱더 안타까울 뿐이다.

한국 전통무용예술은 최소한 위의 세 가지 바램이라도 형성될 수 있으면 좋겠다는 소박한 생각으로 오늘도 예술혼을 살리러 연습실로 향한다.

-댄스 포럼, 2016년 2월호

15.

한국무용이 견지해야 할 것

농경사회에서 인산은 노동력이 기준이 되었다. 자연을 이겨내며 생활하기 위해 인간이 할 수 있는 것은 노동력에 의한 극복이었기 때문이다. 그러다 보니 개인의 특성, 성품, 인성, 예술성 등을 고려할 수 없었다. 오히려 미지의 신을 믿고 기대고 의지하는 모습을 가질 수밖에 없었음이 역사 인식에서 알 수 있다.

이러한 역사 속에서 산업의 발달과 생활의 지혜와 인간의 발달한 정서 속에 요구됨이 하나하나 변화하고 승계됨이 요구됨에 따라 추구하게 됨이 정신적 만족도였었다. 즉 전통무용이란 예술이었다. 생활 속의 정신적 만족 또는 완성도는 인간의 다양한 속성을 요구하였고 그 다양함에 맞추어 생성되는게 예술 활동의 구체성이었으며 한국 무용의 예술적 가치관은 인간의 삶과 가치관의 변화로 요구되었다. 예술의 가치관은 인간이 지닌 인자 즉 우리 인간을 구성하고 있는 생물학적 DNA가 중요하다 할 수 있다.

또한 연구하고 노력해서 만드는 창조적 행동이 생물학적 DNA에 남고 인식시키기 위해서 수세 대에 걸쳐 담아내야 하는데 그것은 오랜 세월 동안 반복되는 학습효과일 것이다. 예술은 이렇게 인자와 학습 때문에 태어나고 완성된다.

따라서 한국전통무용 예술은 한국인의 혼과 정서, 한국인의 DNA에 의해 완성된다. 그럼 우리는 진지하게 고민해야 할 부분이 우리 '한국전통무용 예술을 어떻게 학습해야 하느냐'의 문제에 직면하게 된다.

'학습은 하고 싶다고 해서 되거나 될 수 있지 않다.'는데 모두 공감한다. 예술인자가 형성 내재한 본인의 의지로 연구와 반복적 행동을 지속시켜 흐름을 만들어야 한다. 따라서 머리로 이해하며 몸으로 받아들여 나타내는 반복적 행동 원칙이 유지됨을 조건으로 삼고 있다.

그러나 우리가 현실은 사회생활, 대학, 아름다움, 부모의 요구, 주변의 권유 등등 아주 많은 이유와 당위성으로 받아들이다 보니 한국전통무용 예술 세대 간 오해와 불편함이 지속된다. 나를 포함한 기성세대의 바른 인식과 타당성 있는 행동과 합리적 사회 공감대가 선행되어야 한다.

한국전통무용 예술이라는 공감대는 유치원생, 초등학생, 중·

고교생, 대학생, 전문단체 소속 무용예술인, 지도자급 한국무용 예술가, 선생님 예술인 등 모두가 가져야 하는 인식이고 이러한 인식을 바탕으로 예술 활동, 지도와 창의성이 제시될 때 예술인 자가 생성되기 시작한다고 할 수 있고, 여기에 한가지 더한다면 개인의 희생이 따라야 함이다. 이렇게 모두 같은 생각과 같은 곳을 바라볼 때 또 하나의 사회적 예술 인자가 생성된다.

우리 무용예술인들은 사회적 명성이나 대가나 눈을 의식함이 없음에도 언제부터인가 어떤 사람들은 사회적 오해가 점점 심해 짐에 예술적 우려를 표하며 한국전통무용 예술은 그런 사회적 기준과 편견으로 보는 데 있어 우리가 근간을 제공하지 않았나 깊이 생각하며 우리 한국무용예술인들이 중지를 모아 소통을 통해 편견과 오해를 불식시켜야 예술적 인자가 생성된 좋은 한국 전통무용 예술인이 다가올 수 있다고 생각한다.

한국전통무용 예술이 세계 문화적 기준이 되어 지구촌 잔치판에 함께하며 즐기고 느끼기 위해서는 시대적 희생과 공감대가 필요하다. 오랜 기간의 학습은 통한 개인적 희생과 전통무용 예술 융성을 바탕으로 아름다운 씬대로 공연하는 모습을 상상하며 남산자락을 바라본다.

-댄스 포럼, 2016년 3월호

16.

순수예술에 대한 홀대와 무용의 앞날

　인간은 누구나 몸과 마음, 정신으로 형성되어 있다. 두 살이 지나 이상적일 때 예술적 느낌이 생성되기 시작하여 열정적 노력을 바탕으로 혼이 표현되기 시작하는 것이 한국무용 예술이기 때문에 건강은 절대적으로 중요하다.

　우리 몸은 450여 개의 뼈로 이루어져 태어나, 성장하면서 206개 정도로 구성되어 몸무게의 절반 정도를 차지하는 근육이 형성되고, 그 근육이 오무라지면 뼈를 잡아당기고 근육이 늘어나면 뼈를 놓기 때문에 몸을 움직일 수 있다.

　근육 중 가장 힘센 근육은 심장으로써 피를 혈관의 구석까지 보내려면 큰 힘이 필요하기 때문이다. 우리 몸의 모든 혈관의 총 길이는 약 12만km로서 혈액이 온몸을 한 바퀴 도는 데 46초 걸린다. 1분에 18번 숨을 쉬고 한번 숨 쉴 때마다 약 450ml의 공기를 마시고 내보낸다.

몸으로 표현하는 표현예술인 한국전통무용은 몸이 관리되고 건강하지 않으면 할 수 없고 항상 부족한 예술이 될 수 있기에 건강이 더욱 강조될 수밖에 없다. 그런데 건강함을 유지하고 몸을 유기적으로 표현하기 위해서는 여러 가지 조건들이 필요하다.

좋은 음식물 섭취로 좋은 영양소를 만들어 맑은 혈액을 공급하고 좋은 공기를 마시며 몸을 정화하고 좋은 상태를 유지할 때 맑고 깔끔하고 유연한 동작과 선을 만들 수 있을 것이다. 한국무용예술인들은 몸의 상태에 따라 느낌이나 표현 과정이 달라지기 때문에 예민해진다. 그래서 좀 더 안정되고 편안하며 즐거운 일상생활을 동경하기도 한다.

좀 더 정화되고 맑은 몸을 유지하고 연습하고 연구하며 아름다움을 표현해야 무대와 관객에게 자신감 있게 다가갈 수 있음은 오랜 경험을 통해서 알게 된다. 따라서 투명한 좀 더 정리된 마음을 가져야 함에도 불구하고 한국무용예술인들의 현실은 그렇지 못하기 때문에 항상 안타까울 뿐이다.

몸과 마음이 좀 다듬어져야 우리 몸 중 가장 무거운 머리 즉 정

신이 맑아지고 투명해질 수가 있다. 정신이 맑을 때 아름답고 예쁜 동직이 그려지고 준후한 선이 나타난다. 그 선에 예술적 혼이 담겨 있는 것을 우리는 한국전통무용 예술이라 한다. 예술적 혼은 아이디어를 바탕으로 한 일체감이다. 예술적 혼은 나약하고 보잘것없는 인간의 신에 대한 노래이다.

사람들은 노래는 즐겁다고 말하고 꽃을 보며 예쁘다고 하는데 이러한 표현은 선이 없는 표현이지만 한국전통무용 예술은 중후함과 영혼 의식적 느낌과 쏟아지는 감정의 갈채가 녹아있는 환희 그 자체이기 때문에 더욱 몸과 마음과 정신의 정갈함을 요구한다.

한국전통무용 예술인들은 항상 정갈하고 투명한 선을 유지하기 위해 많은 일상적 생활을 포기하고 잊어버리고 놓치며 살아가지만, 때에 따라서 오히려 그러한 점이 약점이 되어 이용되고 부분만 인정되고 비판되는 현실이 안타깝고 속상할 때도 있다.

발상이나 탄력은 연륜에서 나오는 경우도 많은데 부정적이며 부분적인 것들과 모두 외면됨은 사회적 약속이 없을 때나 부정적 시각이 형성되었을 때이다. 이럴 때는 몸과 마음이 혼탁해지고 정신이 맑지 못한 경우일 텐데 한국전통무용 예술의 혼을 느끼는 관객들은 잘 알 것이다.

무엇이 어디서부터 착오와 착각이 일어났는지, 연속적으로 신을 향한 인간들의 합창이 한국전통무용 예술이다. 이제부터 다시 몸과 마음, 정신의 완벽한 균형과 리듬, 선을 위해 좀 더 노력하고 싶다. 한국전통무용 예술의 산실인 남산자락의 능선을 따라 흐르다 머무는 그곳에 더 늦기 전에 한국전통무용 예술의 동작을 연구하고 선을 다듬고 혼을 살리고 싶다.

-댄스 포럼, 2016년 4월호

17.

진실됨에 열광하는 현시대를 생각하며

　시대적 예술은 인간의 아름다운 표현 방법 가운데 하나다. 아름다움은 자연과 대칭되는 개념에서 인간의 속성이나 특성을 적절히 잘 나타내기 위함이기도 한다. 인간은 인간의 내면을 아름답게 나타내어 신의 허락과 용서를 받기 위한 노력을 해왔다.

　인간들의 내면의 모습을 참신하고 숙연하게 바라볼 수 있는 여러 가지 요소 중 도덕적인 모습을 배제하지 못한다. 예술적 접근은 일반적 도덕과 인간성에서 나온다. 도덕적 인간성은 기본적으로 청렴함을 요구한다.

　청렴이란 첫째 시대성을 전제로 해야 한다. 사전적으로 청렴의 의미보다 현실적 청렴이 중요하다. 아무것도 가지지 않고 모른다고 해서 도덕적이고 청렴하다고 할 수는 없다. 왜냐하면 아무

것도 안하고 시간 즉 세월이 가서 나이가 많아진다고 해서 어른이 아니듯이 말이다. 어쩔 수 없이 세월의 흐름에 마지못해 숫자상의 어른과 '없어서 청렴하다. 적어서 도덕적이다.' 라는 함수는 예술성으로 풀 수 없는 지구상의 어떤 공식으로도 풀리지 않는 의문문일 것이다.

둘째 개개인의 개인차를 생각한 표현이며 조건이 제시되고 형태가 만들어져야 함에도 사전적 의미거나 주관적 표현은 그야말로 주장일 뿐이다. 무개념으로 지나간 시간적 의미와 주어진 자리에서 일방적 기준에 의해 요구된 것은 이상적 자아실현이라할 수 있다. 이러한 주장에 공감하지 못하는 것은 현시대를 살아가는 우리 모두의 지혜에서 나오는 말이다.

우리 예술 특히 한국전통무용인들과 현시대를 살아가는 젊은 예술인에게 선별적 청렴과 도덕적 내면을 바탕으로 선·후 세대 간의 가교로써 예술의 계승자로서 가장 중요한 것은 진실성이다. 그 누구도 예술적 영역을 떠나 공감할 것이라 단언한다.

이런 시대적 방법과 요구를 무시하고 세월에 떠밀려 주어진 자리에서 바라보며 요구하고 요구됨은 계승 발전시킴의 근간인 예술적 진실성을 간과해서이다.

한국전통무용예술인들은 혼이 살아있어야 한다. 혼은 진실을

바탕으로 계승 발전되는 한국전통무용 예술의 중심체이며 정신이기 때문에 더욱더 어설픈 도덕성이나 청렴성보다 진실성이 중요하다.

예술적 가치관과 일반적 가치관은 사전적 의미는 같을지라도 요구됨은 다르듯이 한국전통무용 예술은 무엇보다 진실해야 한다.

자연의 흐름에 순응하는 순수시대인 선사시대의 도덕성과 청렴성은 무지와 무경쟁의 나른함이 근간이었나면 사냥스러운 경쟁을 통한 소유와 다양함의 시대인 농경시대의 도덕과 청렴성은 이해와 나눔이었을 것이다.

발전과 계승을 바탕으로 한 현대의 도덕과 청렴은 진실성을 근간으로 삼고 있음이 시대적 흐름이자 요구사항이기에 이를 바탕으로 우리 한국전통무용도 계승·발전시켜 나가야 인간 내면의 대화를 할 수가 있을 것이다 .

한국전통예술인들은 수사적인 대화보다는 내면의 대화를 해야 한다. 세월의 대화가 아닌 진실한 내면의 대화가 필요하다. 시간에 발이 묶여 한국전통무용 예술에서 헤어나지 못할 즈음 춤이 시간의 앙금이 되어 시원한 바람처럼 내 몸을 휘감을 때 나의 춤사위는 날기 시작한다.

삶의 무게를 이기기 위해 춤을 추는 어느 한 무용수의 애절함은 현대를 기만하는 우리들의 속절없이 흐르는 마음의 노래만은 아니길 바란다. 진실한 춤의 애절함은 신을 위한 노랫가락같은 내면의 대화이기 때문이기도 하다. 대지의 역동적 깨어남의 소리가 메아리칠 때 한줄기 봄비는 생동감을 주기에 충분하다.

현대인은 모두가 가깝고 익숙한 자기 주변을 못 보는 근시이다. 우리도 이제는 하양 파랑 연두 분홍 빨강 초록 등 예쁜 마음·행동·말로써 멋있는 생각을 많이 하면 좋겠다.

한국전통무용 예술은 화려하고 예쁘고 고귀하고 인간 내면의 대화체이기에 어설픈 도덕성이나 형식적·훈계적 도덕보다 진실함에 열광하는 현시대를 생각하며 흐름에 떠밀려 아쉬움을 표명하는 그런 무개념의 수치를 우리는 인식해야 한다. 이제 춤추기 좋은 오월이다.

-댄스 포럼, 2016년 5월호

18.

평가에 관한 몇 가지 생각

평가는 어떤 대상의 장점과 가치를 결정하며, 현상이나 가치, 질을 판단하는 과정이며, 교육목표 분류체계의 인지 영역에서 가장 높은 단계에 해당하는 지적 능력이다. 첫째, 목표지향적이며 가치 관련적인 활동이다. 대상은 정책이나 작품이나 인적 대상 등 다양한 대상을 포함한다. 둘째, 목표달성도를 확인하고 의사결정을 위한 정보제공을 한다. 셋째, 성과·정책·제도·시설·재정 등에 관한 정보도 수집·활용하여 평가대상의 장점·질·가치 등을 판단하는 과정에 필요하다.

종류는 경영, 자기교육, 업무, 기술, 신용, 직무, 형성, 수행 등이 있다. 예를 들면 형성평가는 진행되는 과정에서 진전을 점검하고 필요한 경우 과정이나 방법을 개선하기 위해 실시하고 가르치고 배우는 내용을 얼마나 잘 이해하고 있나를 수시로 점검,

확인하여 교육의 적절성을 확인하는 것이다. 교육평가는 과정의 목표기 올바르게 설정되었는지와 목표실현을 위한 교육활동의 계획과 과정은 적절한지 등 목표가 성취되었는지를 확인, 판단하는 과정이다. 수행평가는 수행이나 산출물을 직접 관찰하거나 검토한 것을 토대로 질에 대해 전문적 판단을 내리는 평가로서 창의력과 문제해결 능력을 길러준다.

이상과 같이 평가는 우리 모두 조심스러우며 전문성이 필요하며 어려운 결과의 표현인데 반해, 현대의 우리는 방법과 목적 상대에 대한 배려 등이 빠진 채 너무 쉽게 단순하게 주관적 표현을 함으로써 상대방에게 아픔과 상처를 주는 경우가 비일비재하다. 더군다나 평가자는 양심과 자질, 식견, 전문성, 역사성, 시대 사회적 요구성, 미래사회 영향력까지도 전문적으로 판단하여 객관적 결과를 산출해야 한다.

그러기 위해서는 제공되고 제시된 자료를 충분히 이해하고 비교·검토하여 발전지향적 판단지표를 가지고 바라봐야 하지만, 주관적이며 제공된 자료도 읽어보지 않고 단어나열식 판단기준을 제시만 한다면 우리 모두를 힘들게 할 것 같다. 평가대상자들의 가치와 질을 판단하기 위해서는 판단자의 부족한 이론적 주관이나 세월의 흐름에 찌든 직업인으로서의 가치나 제3의 본질 호도를 바탕으로 개개인의 주권 행사 수단이 되어서는 안 된다고 대다수 사회인은 공감한다.

사회는 거대한 조직으로 모두가 항상 함께 소통할 수 없기에 나이·생김새·좋아하는것·하고 싶은 것·해야 하는 것 등 아주 많은 방법으로 구분하고 나누고 다시 분류해서 계승 발전시켜 나가며 수정·보완하는 과정에서 필연적으로 평가가 필요하고 평가에는 평가자와 피평가자가 구분되는데, 평가자의 모순됨이나 부족한 식견이나 일방적 판단이 가져오는 현재와 미래에 미치는 영향 모두를 오랜 시간 생각해봐야 할 것 같다.

더구나 평가자들의 표준적 기준이 제시되지 않는 기준은 제도적, 사회적 문세섬으로 인식함에 모자람이 없다. 우리는 졸속 행정이나 소통 부재와 같은 말들을 자주 듣는다. 이 말은 현 시대의 아픔이기에 깊이 새겨 봐야 할 것이다. 쫓겨가는 듯 누가 봐도 치우침에 의한 누구를 위한 평가 기준과 평가자 선정은 분명 시대적 아픔이며, 근시안적 폐해이고 퇴행적 행정의 표본일 것이다.

고도의 지적 능력을 요구하는 평가는 전문가답고 성숙된 인격을 갖추고 발전적 기술을 전제로 했을 때 소통의 장이 된다. 그런데도 나이가 많고 오래 해왔다는 이유로써 개인적 성향과 편향된 사고로 평가에 임한다면 올바른 직무평가라 할 수 없을 것 같아 많은 사람이 외면하며 안타까워한다. 모두 아는 현상을 그들만 모르는 웃지 못할 사회현상으로 대변되기도 함이 현시대를 살아가는 우리들의 자화상이라는 것이 모두를 슬프게 함은 놀랄 일이 아닌 것 같다.

개인의 시간적 희생을 바탕으로 오랜 기간 만들고 연구·검토하며 실험하여 만든 작품은 자체가 예술이다. 사상적 바탕으로 내 몸의 언어인 한국전통무용 예술은 어렵고 희생을 바탕으로 형성, 발전되는 세대의 예술이기도 하다. 언제부터인가 어렵고 힘든 전통 예술을 하려는 인적 자원이 줄어들어 명맥 유지도 어렵다는 의식이 팽배해있다.

이런 현상은 기득권자라 할 수 있는 현재의 우리 모두가 많이 내려놓아야 하고 재원 발굴을 먼저 해야 할 것이며 발굴된 재원들의 천재성과 예술성을 높이 평가하여야 할 것이다. 위와 같은 수준이 높은 작품을 평가하기 위해서는 평가자들은 선정기준이 명확해야 하고, 평가자 선정이 전문적이어야 하며, 무엇보다도 평가자의 인품과 인격이 높고 도덕적이어야 한다.

특히 한국전통무용 예술만큼은 더욱 엄격한 도덕성이 요구됨에도 불구하고, 우리의 현실은 어설픈 인간관계가 우선시되고 비정치인들의 정치인 흉내가 큰 문제점으로 제기됨은 아픔으로 다가온다. 이제 이런 경우는 지향하고 실력과 도덕성, 나아가서 예술로 표현되는 한국전통무용 예술이 되었으면 하는 바람이 큼은 나만의 기우일까? 한국 무용을 제대로 평가받아보았으면 좋겠다고 생각하며, 흐드러지게 핀 고산 산철쭉 언덕에서 나빌레라~

-댄스 포럼, 2016년 6월호

19.

시간의 배신

　현대인들은 우리가 알고 있는 시간, 모르는 시간, 그리고 알 수 없는 시간 속에서 열심히 살아간다. 생활은 이어지며 새롭게 만드는 자기만의 영역을 말하지만 이어져 간다는 점에서는 시간을 뜻하기도 한다. 한국의 시간, 유럽의 시간, 미국의 시간 즉 시간의 공존 속에 독특한 시간으로 구성되지만 역시 이어져간다.

　현대와 근대, 근대와 고대 또한 시간의 연속성이 담겨 있음을 알 수 있다. 시간 속에 인간의 생성과 삶이 의미 있고 지구의 탄생을 이해하고 역사를 알고 이해하며 다음 시간을 정리해보며 과학적 증명으로 모두의 이해를 돕지만 딱 한 분야인 전통예술만큼은 시간만으로 설명 안 됨은 어쩌면 당연하다 할 수 있다.

　예술은 인간의 정신적 현실적 시간을 다 담고 있기 때문에 한 부분 한 방향에서만 이해하기 어렵다. 예술은 이해나 생각만으로 정리되는 것이 아니라는 반응이다. 반응은 간단하다. 보여줘야 한다. 무용 예술은 보여주는 방법만 있다. 보여줌은 몇 가지가 필요하다. 장소와 시간, 몸 반응의 정도 등이다.

장소는 한국·미국·프랑스 등에 한국전통무용인들이 가야 한다. 이것을 해외공연이라 한다면, 해외공연을 하기 위해서는 현지 전통예술에 대해 이해하고, 그 나라 문화와 국민성을 알고 이해하며 기획하고 작품을 선정하고 안무해야 함에도 그런 사전조사와 학습 없이 일방직 신청에 따른 보여주기만 할 때, 문화예술에 대해 오해하기가 쉽고 가치를 떨어뜨리는 모순이 생기게 마련이다.

또한 여기에 임하는 예술인들도 지금보다 훨씬 적극적이어야 함에도 불구하고 숙련도가 떨어지고 이해 부족으로 공연의 완성도나 품질에 흠이 될 수도 있다. 해외공연은 문화와 환경의 상이함으로 현지인들의 이해 부족으로 인해 오해가 생길 수 있기때문에 쉽고 간결한 작품으로 깔끔하며 숙련된 안무가 필수사항이다. 그렇지 못할 때는 문화적 혼란과 오해가 생긴다.

동양의 여러 국가마다 전통 예술이 있듯 서양의 여러 나라에도 역시 전통 예술이 있다. 이런 환경적 배경으로 시각적 차이가 있는데 우리는 자주 이러한 차이점을 간과하는 경우가 많다. 그때

마다 예술적 혼란이 왔음은 평론이나 연구자료 등을 통해 알 수 있다. 해외공연의 주의점이라 할 수 있다. 해외공연은 문화예술을 통한 국가와 국민의 격을 높이고 파급력이 크기때문에 일방적이지 않고 함께하며, 차제에는 그 나라 사람들과 함께 호흡하고 공감대를 형성하며 녹아드는 공연이 되어야 할 것이다. 그러기 위해서는 좀 더 능동적이며 자주적인 연출과 안무가 되어야 함에도 불구하고 늘 그러지 못한 것이 아쉬움으로 남는다. 지금까지는 안무자들이 힘이 드니까 움직임이 너무 느린 공연이어서 그러지 않았을까 생각해 본다.

시간은 과거와 현재와 미래라 할 수 있다. 어둠의 과거로부터 인간의 나약하고 힘들었던 시간을 이겨내고 유지 전달하기 위한 동작이 생겨 무용 예술의 토대가 되었다면 현대에 와서는 좀 더 다양한 방향에서 바라보고 다듬고 형성시켜가는, 현재는 미래를 예측한 무용 예술이 되어야 할 것이라는 공감대 속에 무용예술인들의 부단한 연습과 연구가 필요하다.

지금까지는 느린 동선의 동작에 연연하고 연습했다면 이제는 좀 더 생산적이며 창의적인 동작을 바탕으로 예술적 표현이 제시되어 전통과 창의성의 조화야말로 진정한 예술의 한 부분이라고 할 수 있겠다. 그런데도 현재의 우리는 타성에 젖어 언제나처럼 한결같은 모양과 행동을 하고 있음은 시간여행을 하는 느낌이 들기도 하여 당혹스럽다.

이제 우리는 창의적인 표현예술을 시작해야 하고 이러한 시대의 요구에 적절히 부응해야 할 것이다. 배우고 익힘을 바탕으로 한 창작무용은 새로운 방향의 무용 예술이 아니라 오히려 우리가 과거에 배웠고 그 배움을 지금까지 해온 그 무용예술인에도 조금 달리 표현된다고 부정하고 비판하는 근시안적 대처는 우리 모두를 한정된 틀에 가두어두는 우를 범하게 될 것이다.

좀 창의적이며 정확한 표현 안무를 모두 할 수 있고 이해할 수 있다면 좋겠다는 기대도 해 본다. 그러기 위해서는 잘 표현된 창의적 무용공연을 봐야 할 것이다. 몸의 반응은 신체의 변화를 말한다. 예술인이든 아니든 누구나 몸은 변화한다. 몸의 변화는 자기 자신이 가장 정확하게 먼저 알게 된다.

자기 자신은 이미 몸의 변화가 와서 예술적 표현에 한계가 있음에도 불구하고 아니라고 부정하는 행위는 거짓을 참으로 우기는 행위와 같다. 자기 혼란에 빠져들어 나이가 많다는 이유로 자기 주장을 한다. 물론 나이가 많다는 것은 경험이 많다는 것이고 경험이 많다는 것은 분명 좋은 점이나 자기 몸의 변화를 부정한 가운데 경험을 말한다면 표현의 한계를 가져온다.

자신의 신체나이를 정확히 찾아 각자 자신의 예술적 표현에 선을 그었으면 한다. 정말 예술적이면 교과서 같은 새로운 예술적이면 있음에도 기회가 없어 펼쳐보지 못한 신세대야말로 우리의 미래임에도 불구하고 예술 외적 고민으로 오늘도 힘들어함을 생각하면 미안함이 커짐은 나만의 마음이 아니었으면 한다.

이제는 나이를 앞세워 이기고 목소리 큰 것으로 기선을 잡으려는 행위는 없었으면 한다. 연줄이나 인간관계보다는 창의성, 경륜과 나이보다는 신체의 나이, 말보다는 안무력으로 비교되는 전통무용 예술계가 되었으면 한다. 잘못된 나이의 폐해는 나이가 많고 경험이 많은 내 말과 행동이 맞고 그런 내가 아닌 우리가 다해야 한다고 소리 없는 외침보다는 '아름다운 양보'와 '아우 넌서'라는 재미있는 사회적 표현을 떠올리며 폭포수 같은 연습을 시작하면서 다시 상큼한 안무를 떠올려본다.

-댄스 포럼, 2016년 7월호

20.

휘청거리는 한국전통무용 예술-1

　세월을 가까스로 견뎌내는 예술이 한국 전통무용예술이다. 전통무용예술이 상처와 흔적만 남아있는 이유는 여러 가지가 있을 수 있으나 '1) 논리적 체계를 완성하지 못하고 있다. 2) 이론과 실기의 혼돈이다. 3) 사유화 되어있다. 4) 기득권 주장이 심하다. 5) 예술적 필요보다 현실적 필요성이 우선이다. 6) 복제와 흉내냄이 심하다. 7) 교류가 적다. 8) 무용 외적 표현력이 적다.' 등으로 정리된다.

　한민족의 생성과 더불어 한국무용예술은 시작되어 한민족의 정신이며 사상이고 생활이기도 하다. 어떤 예술 분야든 시작은 작고 소박하게 출발되어 오랜 시간을 이어가며 혼을 불어넣고 대를 이어가며 연습하여 다듬고 재구성하여 완성시키고 다듬는 과정을 반복적으로 하였다. 그러면서 좀더 향기로운 예술로 승화시켜 가는 과정을 거쳐왔다. 신에 대한 신뢰와 자연의 두려움을 이겨내기 위한 처절한 교감 방법이었다. 즉 신과 인간의 소통 방법으로서 한국무용예술의 의미가 시작되어 개개인과 민족의 발전적 요소로 이어지며 정체기에는 많은 사상가, 철학자, 심리학자, 역사학자들의 학문으로서의 연구 결과를 배경으로 조금씩 성숙된 모습을 보여온 것이 전통한국무용이었다.

전통한국무용예술은 철학적 논리를 근거로 역사적 사실에 바탕을 두고 발전됨을 보여주었고 시대적 흐름을 원활하게 수용했었나. 이러한 발전적이고 좀더 다가서는 예술적 형태로 발전할 수 있었던 것은 체계적인 이론적 배경이 있었기에 가능했다.

근·현대에 와서는 급속한 산업화에 밀려 우리 한민족의 정신적 비중이 큰 한국전통무용예술이 이론적 근거를 완벽히 확립시키지 못하고 있음은 시대적 모순이어서 아픔이 크다 할 수 있다. 이제부터라도 형식적·보여주기식 이론보다는 체계적이며 논리적인 이론적 근거와 인접 학문 분야와 함께 연구되는 이론적 근거를 세워야 한다.

1.

이렇게 광범위하게 연구된 이론적 근거 위에 계승되어 온 한국전통무용의 선을 살려 혼을 불어넣는다면 살아있는 선이 있는 한국 전통무용예술로 재도약할 수 있을 것이다. 논리적 체계는

단시일에 걸쳐 할 수 있는 단순한 사실 규명이 아니고 논리 전개
와 철저한 검증을 통한 실증적 방법이 뒷받침되어야 하고, 오랜
시간 동안 많은 노력이 필요하기에 서둘러 논리적 체계 확립이
필요하다.

  이론과 실기의 혼돈이다. 논리적 연구가 활발하지 못하여 역사
적 사실규명이나 인접 학문들과 협의 연구가 없어 단편적 논리
구성만 혼재되어 있는 가운데 실질적 표현 예술을 연마하고 예
술적 가치창조를 하다 보니 인접 국가들의 표현예술들과 동선의
비슷함으로 인해 국적 불문의 표현이 펼쳐지는 경우가 종종 있
는 것 같다.

  말 그대로 창의적 동작을 연구하고 미적 요소를 가미하여 피나

는 노력을 바탕으로 예술성을 키우기가 힘들다 보니 여기저기서 부분 부분을 인용하여 어떤 것들이 표현될 때는 예술인이나 관객이나 모두 힘들며 시간이 지나면 흔적도 없이 사라지는 안타까운 시간이었을 뿐이다. 이런 과정이 지금껏 반복되다 보니 한국 전통무용예술이 사회적으로나 역사적으로 자꾸만 작아지는 것 같아 안타까울 뿐이다.

또한 한국 전통무용예술은 예술적 언어로서 예술적 사상과 예술적 인체와 인문학적 예술 이론을 바탕으로 심오한 내면세계를 보여주는 많은 노력이 반영되어야 하는데, 단순한 직업으로 인식됨을 볼 때 안타까움이 커진다. 직업적인 인식이 있고 경영적 논리를 전제로 행하다 보니 보지 않아야 하고, 알지 말아야 하는 것들을 알고 보게됨으로써 한국 전통무용예술이 작아지고 비판의 대상이 되고 영리 목적이 되어 예술로서 혼이 없어 현대에 와서는 외면받는 형태가 되었다. 이제는 예술로서의 성격과 예술의 혼을 불어넣어 살아있는 혼의 무용 예술이 되기 위한 무한한 노력을 해야 한다고 생각한다.

2.
이론을 정리하여 익히고 예술의 선을 이해하고 경영적 사고를 키우고, 유아독존적 성향을 누군가부터는 버려야 한다. 우리 인체는 물리적 시간이 지나가면 퇴화되고 모양이 변하게 된다. 이 인체의 모양이 변함은 노력이나 의지로 극복되지 않음을 인류 역사가 알려주고 있음에도 불구하고 일부 한국 전통무용인들은 그 자연의 섭리를 반항하듯이 나는 힐 수 있고 ㅏ만 할 수 있다는 의지를 불태우는데 이러한 잘못된 인식이 한국 전통무용예술을 퇴보시키고 병들게 하고 있는 것 같아 마음이 아프다.

우리는 가끔 자기모순의 역 논리에서 헤어나지 못 할 때가 많다. 즉 내가 만든 어떤 짜깁기 동작이 최고의 무용 작품이라는 역설적 동기와 모순이 그것이다. 아무리 완벽한 작품이라 하더라도 그것이 그때 좋았을 뿐이지 앞으로 계속 항상 좋은 것은 아닐 것인데……. 사실 나만 할 수 있는 것이 어떤 것인지 그들에게 반문하고 싶고, 나만 할 수 있는 것이 있다 해도 우리가 할 수 있는 게 더 발전적이고 창의적이라고 생각한다.

인체의 변화를 받아들이는 순리적 행동으로 후배, 후학들을 조용하게 수정 지도해주고 힘과 용기를 주는 아름다운 예술인들이 많고, 자주 보이면 마음이 이렇게 무겁지는 않을 것 같다는 아쉬움은 창의적 예술인들의 공통사항일 것이다.

한국 전통무용예술인들은 창의적인 전통무용예술인이 많이 탄생하도록 혼신의 힘을 다 해야 할 것이라 생각하며 도덕적 흠이 없는 아름다운 전통무용예술을 기대하며 잔잔한 한강 너울에 이내 마음 실어 보낸다.

-댄스포럼, 2016년 8월호

21.

휘청거리는 한국전통무용 예술-2

사유화되어 있어서 기득권 주장이 심하다. 예술적 필요보다 현실적 필요성이 우선이다.

하늘을 비추는 거울은 호수이고/ 호수는 내 마음속에 있으며/ 그 크기는 나의 크기일 것이다/ 예술은 정신이고 혼이다/ 예술은 역사이며 세월이다

오랜 시간 거듭되는 세대를 통한 역사 속에서 어렵고도 힘든 시간 속에서도 어떤 한 민족의 정신적 원천이 되고 위안이 되고 희망이 되어주고 삶의 전부였던 여러 정신적 지주 중 예술이 차지하는 비중은 너무나 크다.

이 예술 가운데에서도 한국전통무용은 더더욱 크다 할 수 있음

을 부인하지 못하는데 언제부터 누군가로부터 전통무용의 역사나 혼을 모른 채 이딴 계기로 오래 했다는 이유로 또는 지방 무용단체장으로 바라본 한국전통무용의 산실은 좋은 돈벌이 장소이자 명예의 전당이었을 수도 있음에 인고의 세월을 보내며 동물적 감각으로 기회를 엿보고 있다. 무용계에 입성 성공함으로써 오늘날의 한국전통무용은 공개된 사유물이 되어버렸다.

국문과에서 국문학을 공부했다 해서 문학적 소질이 뛰어나고 글을 잘 쓰고 사상과 철학이 서정적일 것이라는 것은 착각이다. 오히려 문학적이지 못하며 생계 수단으로 삼는 경우를 우리는 주위에서 너무 쉽게 볼 수 있어 씁쓸할 뿐이다.

민족의 정신적 지주, 국가의 명예를 드높이는 한국전통무용을 이제 우리 모두 진지하게 다시 생각해 봐야 한다. 정말 내가 내 작품이라 주장하고 나만이 할 수 있고 내 것이라 주장함이 옳은 것인지를 살펴보아야 한다. 우리는 하나를 내 것이라 주장하며 모두를 놓쳐버리는 우를 범해서는 안 될 것이다.

이론도 없고 형식도 엉망인 정체불명의 공연을 내 작품이라 주장하며 지원금을 받기 위해 여기저기에서 작품을 설명하는 일이 정말 맞는 행동일까? 4·50년 전에 봤고 메모해둔 걸 찾아내 요즘 내가 만든 작품이라고 여기저기 설명하고 다니는 일은 정당한가? 2·30년 전에 정부나 지방자치단체 지원금으로 돌아다니며 봤던 무용공연을 복사하여 짜깁기한 것은 아닌지 의심이 간다. 5·10년 전에 제자나 조안무가 만든 동작의 의미도 모르며 '좋다'를 연발하며 기억한 걸 짜깁기해서 내 작품이라고 주장하며 제작비나 지원금을 받지는 않았을까 의심이 간다.

공적자금을 예술이라는 이름으로 받아내기 위해 관련자들을 매수하고 밥을 먹으며 동질성을 강조하는 질 낮은 행동을 무용 예술 행위의 일부라고 생각하는 것은 아닌지 의심이 간다. 안무자라는 절대권력으로 뇌물 주는 액수로 배역을 주지 않았는지 의심이 간다. 행정가와의 유착과 사교적 만남을 통해 무용 예술의 정당성을 주장하여 안무자 지위를 확보하고 서열화하고 동작과 동작을 짜깁기하기 위해 공연을 보러 다니는 악순환적 무용 활동을 하지 않았는지 궁금증이 인다. 만약 소문이 그랬다면 당사자는 참회와 자성의 시간을 가져야 한다.

2016년 오늘에도 그렇고 그런 경우가 있는지 살아있는 정신으로 주위를 살피는 통찰력이 절실한 때이다. 위의 경우가 한 번이나 자신도 모르게 행해졌다면 그 한국전통무용 예술은 복제품이고 정신이나 혼은 없고 그냥 그때를 잘 살기 위한 돈벌이 수단으로 여기지 않았을까 해당 당사자는 꼭 생각해 보고 이제는 정말 모두 내려놓아야 하며, 과욕이었다고 고백해야 한다.

사회학적 분석론에서 인간의 욕심은 창대하다고 하지만 유독

한국전통무용에서만 더 심하고 큰 것같아 안타깝기 그지없다. 우리 한국전통무용은 한국 민족의 혼이 바탕이 되고 혼을 이야기하기에 사유화될 수 없고 우리 모두 함께하고 즐기고 이해할 수 있어야 함에도 불구하고 그렇지 못하고 저변확대가 되지 않음을 우리 모두 진지하게 고민해 봐야한다.

치부, 치부란 사전적 의미도 있지만, 인식의 어원이라는 부분도 있다. 한국전통무용인들의 치부를 말할 수 있는 사람은 한국전통무용인이 해야 올바른 치부가 될 것이다. 따라서 우리 모두 자신의 치부가 될 수 있는 부분을 들춰보고 자성해야 할 때라 생각한다.

이유는 여러 가지가 있겠지만 가장 근본적 이유는 예술성이나 좋은 작품이나 전통무용 예술의 고유함을 계승 발전시키고 아름다운 이어감이 있어야 하는데 지금 그렇지 못한 것 같다. 나쁘고 잘못되고 모함하고 권모술수를 부리고 더구나 부끄러운줄 모르는 뻔뻔함을 숨기고 한국전통무용 예술을 한다고 하고 있어서이다.

문제는 그것이 좋은 건지 나쁜 건지 바른 것인지 틀린 것인지 생각도 해보지 않고 무조건 따라 하고 흉내를 내는 후세대들 또 그 후세대들이 똑같이 나쁜 점만 따라 하고 호구지책의 부분으로 생활화하고 그러기 위해 시기 질투 모함 파벌을 만드는 예술,

특히 한국전통무용인으로서 명예나 자존심도 없는 행동들을 쉬지 않고 하고 있기 때문이다.

모름지기 먼저 길을 가시는 분들은 매의 눈으로 후배, 제자, 후세대가 잘못하는 점들을 찾아내어 수정·보완해주며, 좀 더 발전적인 길로 나아가게 지도편달해야 함이 참된 모습이 아닐까 절실한 때인 것 같다. 이제는 기득권보다는 진지하게 전통 한국무용예술 발전을 위에 힘을 합쳐 뭘 해야 할 때인가와 밝고 활기차고 예술성이 뛰어난 신세대들에게 뭘 해줘야 할 것인가를 고민해야 된다고 생각하며 기존 무용인들의 면면을 다시 한번 생각해 본다.

다가오는 이 가을 마음속 흐드러지게 핀 코스모스가 핀 들길을 걸으면서. 언제쯤 하루 종일, 한 달 내내, 일년내내 춤만 출 수 있는 날이 올까를 그려보며 남산골을 올라간다.

-댄스 포럼, 2016년 9월호

휘청거리는 한국전통무용 예술-3

세상의 모든 아름다움을 모아놓은 한국 무용은 막이 오르면 밀려오는 아름다움을 주체할 수 없을 정도로 참된 아름다움의 멋이 녹아있다 할 수 있다. 그러나 언제부터인지 정확하지 않지만, 어느 부분 어느 시간 어느 무대에서의 한국 무용은 복제와 흉내냄이 심해졌다. 복제라 함은 하나의 작품을 장소를 바꿔가며 이 사람 저 사람이 동일한 공연을 하는 것을 말한다. 복제하는 사람들은 편리할 수 있지만 처음 창작한 안무가는 그저 허탈할 뿐이다.

오랜 기간 배우고 만들어 발표하고 평가받고 이런 실험적 과정을 여러 차례 반복적으로 함으로서 몸의 반응과 예술적 표현의 차이를 생각하며 각고 끝에 한 작품을 완성하고 무대에 올려 발표하면 복제 전문가들은 관객이라는 이름으로 숨어들어 부분부분 또는 작품 그 자체를 훔치기 바쁜 작태를 보이는 현실과 그분들의 마음이 보여도 너무 잘 보여 안타깝고 한국전통무용 예술의 미래가 암울해진다.

관객 대부분은 예술적 가치가 높고 안무력이 뛰어난 무용공연이라고 판단될 때 자기 의사로 기대와 자기 정신세계의 완성도를 높이기 위해 표를 구매하여 설레고 기대하며 공연 날을 기다린다. 그러나 복제 공연을 본 후의 관객은 실망감이 크고 만족도가 낮아 공연에 대한 기대치가 낮다.

이러함은 어제, 오늘의 문제가 아닌 10년 20년 전부터 서서히 진행되어 오늘날에는 한국전통무용 공연의 관객은 전통 무용공연, 창작무용 공연 모두 일반 관객보다는 속칭 무용인 또는 무용계에 계시는 분들이 더 많다. 이런 현실은 결국 한국전통무용 발전에 큰 걸림돌이 되고 있다.

무용계는 정말 초대되고 관계자분들이 참석하여 공연 작품의 완성도나 작품성을 보아 조언해주고 수정해주는 보살핌이 필요한데, 복제하기 위해 복제하기 좋고, 복제하고 하고 싶은 공연에는 많은 무용인이 자리를 잡는데 이는 오랜 기간 작업해오신 그분들의 자성이 필요하다.

정말 그분들이 오랜 기간 한국무용 발전을 위해 어떤 활동과 어떤 노력을 했는지 궁금하다. 복제, 제자 후배안무 가로채기, '내가 누군데'라는 권위, 예술을 빙자한 사리사욕, 예술을 등에 업은 치부와 같은 몰염치와 자기성찰과 뒤를 볼 줄 모르는 몇몇 분들의 대책 없는 한국전통무용 사랑은 이제 공개적이어서 젊은 우리를 당황스럽게 만든다.

그분들을 공연장에 초대하지 않은 장소에서 뵙는 것도 모자라 몇몇 언론매체에서 기자회견이니 인터뷰라는 미명으로 접할 때 괴로움은 배가된다. 왜 그럴까? 아마도 그 몇몇 분들이 어른답지 못해서 일 것이나. "나는 아니야, 나는 대가를 바란 적 없어", "정말 나는 깨끗해" 외치며 손을 내미는, "나는 통달한 한국무용 예술인이야." 하며 금전을 더 사랑한 예술인은 오늘도 과거 복제 공연물을 공연 연습이라며 왕성한 활동을 하고 있음은 어른다운 행동이실까? 궁금하다.

지금도 많은 복제 전문가들은 여기저기 공연장을 기웃거리며 왕성한 활동을 하고 있다. 어떤 무용 단체는 오랜 기간 복제해온 그분들이 존재하여 그분들은 어제도 오늘도 똑같은 걸 시연해 보이고 단원들에게 해 보라 해서 좋다고 보이는 동작을 흡수해서 흉내 내며 따라 하라고 한다. 단원이나 제자들의 부분 동작을 복제해서 완성된 안무라고 외치는 그분들의 어설픈 산성 안무를 또 흉내내는 몇몇 무용인들과 공개적으로 안무는 안 되지만 나는 열심히 한다는 역설적 억지가 통하는 요즈음 한국전통무용이

안스러워짐은 우리를 슬프게 한다.

　이제는 안무 능력이 있는 안무가가 많이 공연했으면 좋겠다. 그러기에 일부 그분들은 폐쇄적이다. 폐쇄적 형태는 활발한 교류를 통해 소통해야 한다. 일부 그분들은 안무가 복제와 흉내냄과 훔침이 엉켜있으니 공개가 두려운 누구든 알면 안 되기에 폐쇄적일 수밖에 없다. 일부 그분들은 공개 토론보다 옛날에는 다 이렇게 했다고 과거 억지 주장과 나이가 많음(어설픈 유교적 주장)과 내가 단체장이니 내 말대로 행하라는 억압으로 한국전통무용 예술을 망가뜨리는 농전의 양면이 되어버려서 안타까움이 배가되고 있다.

　이렇게 악영향을 미치는 관례를 따라 하는 일부 몇몇 기회주의자들과 그 주변을 맴도는 또 다른 기회주의자들마저도 폐쇄적이다. 그러다 보니 그들끼리도 아귀다툼하는 모습에 치인 젊은 안무가들과 춤만 추는 무용인과 초야로 비켜선 예술가들을 찾아나서고 싶다. 한국전통무용 예술인들은 교류가 적고, 폐쇄적이다.

　사실 한국전통무용인들은 무용 외적 표현이 서툴고 적어 일반적으로 오해를 많이 받는다. 순수하고 창의적인 예술을 하기 위해서는 순수하고 간결한 자기관리와 청정한 숨결을 지니고 있어야 창의적 예술이 표현되기 때문에 무용 외적 표현이 서툴다. 이제 한국전통무용인들도 음악 미술 유물 시사 역사 과학 수학 외국어 경제 사회 등 많은 분야의 이론을 바탕으로 폭넓은 표현을 해야 한다고 생각하며 열심히 공부해서 공부를 안 한다는 인식을 불식시키고 좀 더 창의적인 한국전통무용 예술 활동을 위해 모두 공부해야 할 것 같다.

벌써 가을이다. 오늘은 초대형서점의 책 속에서 서가의 책을 무대배경으로 춤을 추고 있다.

-댄스 포럼, 2016년 10월호

23.

남산의 푸르름이 이 가을에 갈아입는 옷

그리움도 익어가는 계절에 내 마음이 물들어간다. 가을햇살에 인간과, 인간의 삶과, 인간의 생활방법이 자연 속에서 자연과 함께 자연에 물들어 간다. 여기에 한 가지 더 욕심을 내면 한국 전통무용에 물들어 감을 기대하게 된다. 그러기 위해서는 여러 가지 조건과 다양한 환경의 차이와 인식의 정도가 어떤 한 면의 기준이 된다 할 수 있겠다.

먼저 조건은 우리는 예술을 노래하고 예술의 느낌을 잡고 열심히 하는 생활의 연속성 속의 현실인데, 가식과 잡식성이 난무하는 것 같아 안타까움을 갖게 한다. 이론과 실기의 비중도 중요하나 한국 전통무용예술은 당연히 실기 중심의 예술 활동이 중요하다. 즉 안무조건을 충족시킨 안무와 자기 몸의 근육을 적절히 통제하는 호흡으로 이루어진 동작이 나를 적시는 예술이어야 한다. 그럼에도 불구하고 성장과정과 사회활동 모두를 전통무용으로 삼아온 분들이 어느 날 갑자기 학문적 논리로 채색하고 성형하여 나타날 때 학문적 연구의 깊이를 가늠하기 어려워졌다.

누구나 한 번쯤 한참동안 잘못된 길로 돌고 돌아 가고 있던 몇 년의 시간들을 반추해 볼 때 섬짓함과 창피함, 나 자신과 숨박꼭질한 그 시간이 후회될 것이다. 내가 아는 것과 잘 가르치는 것은 분명 다른데, 우리는 모두가 선생님이라 불리는 것은 아이러니라 할 수 있다. 수단과 방법을 가리지 못하고 오직 자기의 목적만 가지고 학문과 안무를 말하는 어긋난 인식의 행위가 얼마나 많은 시간의 아픔을 남기는지 알기에 선생은 아무나 하지 말았으면 좋겠다.

모름지기 선생은 참 잘해야 하는데 우리는 잘 모르는 선생을 더 많이 접한 것 같아 아쉽기도 하지만 오늘도 교묘히 무언가를 감추고 숨긴 채 당당히 앞에 나서는 잘못된 길을 가면서도 어떤 길을 가는지 모르는 허망한 분들을 볼 때마다 너무 속물적 근성을 보게 되어서 예술의 속성을 생각하게 된다.

무용예술, 그것도 한국 전통무용예술의 창작은 안무가 우선이다. 안무는 탄탄한 전통기본기를 바탕으로 해야 한다. 체력을 단련하여 몸의 균형과 조화를 바탕으로 하는 과학적 근거로 예술적 표현력을 자기 극기로 연마하여 표현하는 창작성이 담겨야 한다.

그러나 언제부터는 안무가 개개인의 사회도구와 살아가는 수단이 되어버렸다. 생활도구로 전락해버림은 아쉽고 아쉬우며 이것을 생각하면 슬픔이 밀려온다. 따라서 타예술보다는 전통무용예술인이 좀 더 많은 활동과 표현의 시간이 있어야겠다. 또한 환경이 인간에게 미치는 영향이 지대함에 비춰볼 때 전통무용예술에 미치는 영향 또한 크다 할 수 있겠다.

아름다운 마음에 섞어 삶을 갖고 전통부용예술을 하는 것은 쉽거나 간단하지 않다. 선배의 뒤를 보며 후배는 꿈을 갖고 아름다움을 키우며 다듬는 무한의 노력을 하며 지내기 때문이다. 그런데 현재 한국 전통무용 환경 즉 초·중·고·대학, 심지어 학원에서 한국 전통무용인으로 꿈을 키우는 후배들이 직업무용단 모습과 선배들과 선생님들을 보며 우리가 꿈을 키울 수 있는 환경이라 생각할까를 자문자답해 보면 '글쎄요'가 아닐까 한다.

좋은 토양과 좋은 환경에서 키운 꿈이 건강할 것이고 건강해야 미래를 보장할 수 있지 않을까. 최소한 곧고 건강한 환경을 만들어줄 책임이 우선 선생님이고, 선배의 올곧음이라 할 수 있고, 한국 전통무용예술을 곧고 바르게 세우는 것일 것이다. 이는 우리 모두가 먼저 해야 할 행동임에도 하지 않고 흘러가는 시간만 탓하고 모른 척 외면함은 인간으로서 예의가 아닐 것이고 선배

로서는 창피한 일일 것이다. 이제 우리 모두가 알고 있는 문제, 즉 무용 외적 요소와 무용예술인의 양심과 자기 자신의 내면에 어긋남을 모두가 좀 느꼈으면 한다. 예술이론, 무용실기, 역사, 무용선생님들, 평론가들, 학부모님, 학생들, 단체경영 사장님들, 무용인들 모두 함께 인식해야 한다.

무엇보다 인식해야 할 점은 한국 전통무용예술에 기반을 둔 창작에 있어서 최우선적으로 전체적으로 가장 중요한 것이 안무라는 것이다. 안무는 좋은 작품, 창의적인 작품, 앞으로 니아가야 할 한국 전통무용의 방향까지 제시할 수 있기 때문이다. 우리 모두 안무 능력을 키우고 안무력을 가지고 창작작품의 풍성함이 담긴 작품을 무대에 올리면서 관객과 함께 호흡을 하고 관객의 시선을 느낄 때 등을 돌린 관객이 되돌아온다고 생각한다.

관객이 돌아와야 경영적 평가가 좋을 수 있을 것이다. 그렇지 않으면 언제나 항상 미봉책일 뿐이다. 언론 플레이를 하고 과장된 발표와 행동이 반복되고 이러함은 언어의 유희일뿐일 것이다. 왜 이러함이 반복되고 있는가? 일부 단체 경영책임자들이 예술적 기량의 한계를 가리려는 욕심이 아닐까 생각해 본다. 이는 많은 무용예술인들도 공감할 것이다. 적은 외부에 있는 게 아니라 우리들 내부에 있을 수 있다.

한국 전통무용예술인들은 시류에 편승한 경우나, 아무도 모를 것이라는 얄팍한 마음으로 적당히 타협하는 단순한 행동이나, 자기 자신의 나쁜 행동을 아무도 모르기를 바라는 우를 더 이상 범하지 말았으면 한다.

  푸른잎이 붉은 치마로 갈아입는 가을의 자연이다. 이 좋은 계절의 바뀜이 잘못된 남산자락의 환경이 아니기를 기대하며 상큼해진 공기로 나의 폐부를 확장해본다.

  -댄스 포럼, 2016년 11월호

24.

하지 말아야 할 것과 해야 할 것

어느덧 지나가는 세월의 아픔 속에 아쉬워하는 것들 중 으뜸은 시간이라고들 말한다. 그러나 곰곰이 생각해보면 시간이 아니라 색(色)일 수 있다는 생각을 이 남산자락 한 켠에 앉아 해본다. 봄, 여름, 가을, 겨울 시간에 따른 색이다. 색을 보면 시간을 알 수 있다. 우리는 시간을 보려고 애쓰는 걸 노력했다고 하는데 잘못된 허수를 말하는 것이 아닌가하는 생각이 든다. 즉 색을 보면 될 것을 보이지 않는 시간을 보려고 하는 헛수고를 하다니….

다행히 우리 한국 전통무용 예술은 색을 바탕으로 하기에 시간과 공간을 초월할 창조적 예술이며 종합적 예술이라 할 수 있다. 그런데 언제부터인가 회색과 검은색이 주된 색으로 사용되는 어려운 터널을 지나고 있는 듯한 이 느낌은 무엇일까.

남산자락에서 바라본 가을단풍이 알록달록 원색과 중간색의 적절한 조화로 자연 본연의 색으로 물든 단풍이 아니고 회색과 검정색으로만 물든 것을 보고 있다면 어떨까. 이런 보이지 않는 어두움은 또 다른 어려움인 것 같다.

한국 무용예술 공연작은 안무자, 조안무, 연출자와 남녀 각 주인공과 출연자들이 많은 시간 동안 회의와 토론, 동작연구와 실연, 부상을 견디며 만들어 결국 무대에 올린다. 그 어렵고 힘든 땀과 눈물을 격려와 박수로 보상받는다. 조안무와 남녀 각 주인공은 안무자의 의도에 맞춰 동작과 춤에 필요한 무엇인가를 만들어 가는 것이 세부적 연구일 것이다.

일정한 시간이 지난 후 같은 작품을 무대에 올리기 위해서는 또다른 노력을 필요로 한다. 안무자 이름과 실제 동작을 만든 이가 다를 때 안무자는 원작의 남녀주인공과 동작 구성자의 의도와 작품성에 관해 새로운 연구를 하여 안무한 후 무대에 올려야 관객 모독이 안 된다고 생각한다. 더구나 스태프가 바뀌면 연출과 구성이 달라져야 한다.

새 스태프가 작품의 구성 등을 새롭게 한 것처럼 하는 것은 잘못된 것이며 뻔뻔함 그 자체일 것이다. 원작 스태프의 노력으로 많은 부분이 구성되어 좋은 작품이 만들어진 성과는 사라지고, 새로운 스태프들의 성과만 부각되는 것은 안타까운 일이 아닐

수 없다.

또한 그 새 스태프는 그 작품의도와 주인공의 완성된 춤사위를 알지 못하고 이해 못하고 동작을 요구함은 무용수들에게 큰 스트레스가 되는 것이다. 그렇다고 해서 새 스태프의 노력이 없다는 것은 아니다. 새 스태프는 현 상황 속에서의 또 다른 도움을 주었을 것이다. 다만 원작 스태프들의 노력을 생각하지 않고 무시하고 이름조차도 지우고 가는 것은 양심의 문제가 될 것이다. 그리고 무용수들이 안무자에게 받는 정신적 고통을 안무자들은 알아야 한다.

소통의 문제가 심각하다. 안무자의 말과 행동에 따라 무대에서 무용수들의 실력은 큰 차이가 난다. 수많은 제자들과 후배들이 보고 따라하고 흉내낼 수 있고 그러함이 기준이 될 수 있기에 즉 한국 전통무용 예술의 퇴보를 의미하기 때문에 경계해야 할 중요한 사항이라 할 수 있겠다.

이것은 무대예술이나 공연예술학에서 기본 중의 기본이며 예술인들과 관객들과 무언의 약속이기도 한다. 그런데 이런 기본적 예의나 약속을 지키지 않은 공연물을 공연한다면 돈벌이에 급급한 놀이판에 불과한 것이지 예술이라 할 수 없을 것이다.

이러한 이유로 이론적 연구와 이해를 배경으로 인접학문과 연

계된 연구와 지식을 바탕으로 관객과 예술인들 사이의 사상적 교감을 완성시키는 것이 한국 전통무용 예술이라 할 수 있다. 그럼에도 그렇지 못함은 이론적 연구나 학습을 하지 않았다는 근거일 것이다.

우리나라는 예술 관련 학문 분야에서 고도의 학습 결과 탄생된 석·박사의 풍부한 이론적 연구가 많음의 배경을 자랑으로 삼고 있음에도 왜 논리적 근거와 예술적 논리의 빈곤함이 클까라는 의문이 생긴다. 주변을 보면 어떤 이유에서인지 학문 연구 결과는 풍성한데 작품 선정이나 작품 토론 등 논리적 근거에 대해서는 너무 빈곤함은 어떤 이유일까? 무용가들 대부분은 마음속으로는 그 이유를 알고 있을 것이다.

자기의 연구를 바탕으로 한 이론적 정립이 아니고 시간이 없고 제한적 학습 결과라는 여러 이유를 생각해본다. 심지어는 다른 사람들의 대리연구나 결과 작성이 만연되고 자행됨이 아닐까하는 생각에 머물기도 한다. 어쩌면 항상 논리적 구성이 완성되지 못함이 당연하다 할 수 있다.

이런 현실에 비춰볼 때 풍부한 이론적 근거와 인접학문과 학문적 교류를 통한 좀더 완성도 높은 연구된 예술을 무대에 올릴 수 있음을 기쁨으로 새길 수 있는 그날이 멀어지는 것 같아 아쉽고 안타까울 뿐이다.

그런 중에서도 후배들과 제자들의 참신하고 새로운 방향의 예술 활동과 창작 활동 속의 동작을 흉내내거나 마치 자기동작인 것처럼 훔치는 이러함은 이제 좀 하지 말아야 한다. 한국 전통무용 예술인으로서 연구하고 이론적 근거를 학습하는 참 예술인 모습을 갖춰야 한다고 생각한다. 한국 전통무용 예술인은 이론적 학문연구를 바탕으로 동작과 안무와 체계적 체력단련을 하여 공연예술과 전통무용 예술 발전에 노력해야 한다. 동작흉내냄, 즉 남의 동작 복사, 다시 말하면 카피하면 안될 것이다.

　　스승은 의연함과 완성도 높은 작품을 보여주고 선배들은 모범을 보이고 동료들은 선의의 경쟁을 통해 참 모습을 보여주어야 한다. 후배들은 아름다운 창작성을 나타내주고 제자들은 우아한 창작활동에 매진할 때 무용인 우리 모두 예술적 예술에 근접할 수 있다 할 수 있을 것이다. 이용당함이 아닌 아름다운 표현이고 함께하는 아름다운 예술 활동임을 주장하고 싶다.

　　나는 오늘 남산 마루의 짙은 단풍을 보며 이렇게 말하고 싶다. "안무연구에 충실한 후 다시 의견 제시할 수 있는 그 날까지 모두 모두 안녕히 계십시오. 한국 전통무용 예술을 연구한 안무가 장현수로 다시 인사드리겠습니다. 감사합니다"

　-댄스포럼, 2016년 12월호

제2부

나의 안무작에 대한 타인의 시선

1.

「목멱산59」 2020
전통 춤사위와 현대춤으로 써 내려간 몸詩

장석용 (시인, 예술평론가)

경자년 「목멱산59」가 지난 11월 26일(목)과 27일(금) 저녁 7시 30분 국립극장 하늘극장에서 비대면으로 공연되었다. 잘 아시다시피, 목멱산은 남산의 옛 이름이다. 한국무용을 바탕으로 하여 창작무용, 컨템포러리 춤까지 수용하는 국립무용단 수석무용수 장현수의 춤 터가 공연명이 되었다.

장현수 춤의 실핏줄, 남산 기슭 국립극장의 한 축인 국립무용단의 주소는 서울특별시 중구 장충단로 59번지이다. 국립극장은 1950년 아시아 최초의 국립극장으로 세워진 이후 국립무용단, 국립극단, 국립창극단, 국립국악관현악단 등 4개 단체가 활발하게 수준 높은 예술 활동을 하며 국내외 관객들의 문화 향수권 신장을 위해 노력해 온 대한민국 대표 공연장이다.

「목멱산59」는 장르 사이의 크로스 오버, 융·복합, 통섭과 소통을 이루면서 유연하게 세월의 흐름을 이어가는 인기 레퍼토리가 되어왔다. 이 무용극은 전통춤의 사위와 디딤을 바탕으로 현대춤의 움직임까지 '몸 시(詩)'를 써내며 리듬감을 보여준다. 조명과 의상 부문에서의 원색 구사와 시대 흐름을 수용하는 흑백 영상들은 미술적 시대 경계를 표현해낸다. 어머니 역의 장현수의 춤과 연기는 무용극 전체를 주도하며 조율한다.

기록상의 과거 사진의 존재는 흑백 영상 속에 담겨 있지만, 회상 속의 과거는 전통을 묵묵히 지켜냄으로써 원색보다 아름다운 원색으로 존재한다. 해마다 버전을 달리하며 모습을 드러내는 「목멱산59」는 교재로 기능한다.

이 작품은 임현택(들숨무용단 대표)이 음악 연출을 맡아 자연의 일부로서의 남산과 인간의 삶을 교차하며 스쳐 가는 사계 이미지에 걸친 클래식 음악의 미세한 감정을 선곡하고 전통음악, 뽕짝으로 일컬어지는 대중가요와 현대감이 넘실대는 대중가요를 혼합하여 관객들의 심리적 감정선을 흔들어 놓는다.

그리해 「목멱산59」는 전 장르를 아우르는 원숙함이 돋보이는 예술성과 대중성을 동시에 소지한다. 작품 속에서 어머니는 작은 우주이며 자식들에게 '잘 살아왔음'을 대견스러워하고 안타까운 시대적 운명을 자신의 탓으로 돌리는 동양적 여인의 대범

함을 표현한다. 결국 '예술가들이 보답받는 세상이 올 것'임을 암시하면서 격려를 보탠다.

경자년 「목멱산59」의 변주는 1) 화려한 연기자들이 맡았던 시대 해설의 사회자 역이 없어지고 관찰자인 무용수가 사진기자로서 등장한다. 2) 무대 세트인 초가집이 사라지고 그 분위기를 조명이 담당한다. 3) 피아노와 클래식 가수가 사라지고 녹음 음악이 담당하면서 현대성을 가미한다.

장현수 안무가가 한국무용협회 이사장으로부터 대한민국 무용대상·한국예술평론가협의회로부터의 올해의 최우수예술가·KBS 사장으로부터의 봉사대상에 이르는 노련한 연기력으로 무용극의 애환을 주도한 「목멱산59」는 2018년 창작산실(올해의 레퍼토리 사업)에 선정되어 작업이 지속되어 왔으며, 작품 자체도 사회봉사를 위한 담대한 도구로 사용되었다.

가을 막바지 들숨무용단의 「목멱산59」는 국립극장 하늘극장에서 금줄이 쳐진 가운데 비대면으로 공연되는 이 풍진 세상 한 가운데 있었다. 세상 모습은 변하였어도 남산을 떠받치는 춤정신은 그대로 아름답게 살아 있다. 이 작품이 평가받는 가장 큰 이유는 역사적 애환을 꿋꿋이 이겨내며 남 탓하지 않는 김수환 추기경 류(類)의 바보스러운 한국인들의 미덕이 듬뿍 들어 있기 때문이다.

　나무들은 비탈에 서도 스스로를 견디며 자연에 적응하며 살아
간다. 「목멱산59」는 세상의 아픔을 아물게 하는 나름의 비법으
로 이 땅의 대자연인 '카프리치오에게 바치는 헌사'이며 살아남
은 자들을 위한 환희의 춤이다. 인간은 희망을 품을 때 꿈을 잉
태할 수 있다는 가능성을 알게 된다. 이 작품은 우리를 다시 가
족의 품으로 돌아가게 만드는 명작임이 입증되었다.

「패강가」(浿江歌) 2020
거대한 상징과 수사적 움직임

장 석 용 (시인, 예술평론가)

조선조의 풍류 문학의 대가 백호(白湖) 임제(林悌:1549~1587)는 〈화사〉〈수성지〉〈천군전〉〈원생몽유록〉 등으로 유명한 시인이다. 평안도 도사 부임 시절, 대동강의 옛 이름 패강을 두고 시심을 발동시켜 〈패강가〉(浿江歌)를 남긴다. 〈패강가〉는 연작시 10수로서 당대 연인들의 사랑에 관한 춘심(春心)을 아름답게 시심에 담아낸다. 〈패강가〉 십수 가운데 오수는 이별에 관한 짧지만, 의미적 강도를 붉은 소매 위에 떨어지는 눈물로 설정하고 진지하게 묘사한다.

여성 안무가 장현수는 별리(別離)에 관한 원작의 섬세한 구성력을 높이 기리고 움직임의 동인(動因)으로 삼는다. 그녀는 「패강가」 이면에 흐르는 벽산의 자유분방한 기운과 시대적 연원을 밝히는 오묘함을 소리에 담아 조화를 이룬다. 애절한 소리를 흡수한 마음은 미동(微動)하며 자연과 하나 된다. 그리 멀지 않은 날들의 기억은 이별의 최적 장소 대동강으로 관객을 불러내고 그 느낌을 공유하고 당대의 상황을 상상시킴으로써 미세한 울림에 동참하게 만든다.

봄비 내린 뒤, 물기 머금은 버들은 푸른 빛을 더해간다. 버들가지는 유연한 여인의 상징이다. 임을 기다리는 여인인 듯 버들은 사랑과 이별을 두르고 대동강 강변에 서 있다. 사랑하는 이와 헤어질 때 나루터는 최적의 이별 장소가 된다. 무심하게 흘러가는 강에서 피어오르는 물안개에 눈물을 감추고, 나루터 주변의 버들가지로 사랑을 다짐한다. 비릿한 눈물 냄새를 상상하기에 적합하고 이별을 자아내기에는 대동강과 노량진의 강변보다 더 좋은 장소는 없었다.

「패강가」의 틀 짜기, 패강에 나와 본 사람들은 푸른 등으로 절벽을 치고 떠나는 임을 막아선 여인(장현수)과 길 떠나는 남정네(최호종)를 상상할 수 있을 것이다. 연(緣)의 유동, 그 사이의 애절한 감정은 정마리의 정가가 담당한다. 여인의 묵직한 분위기와 달리 남정(男丁)은 홀가분한 모습이다. 패강에는 낭만뿐만이 아니라 눈물로 굳어버린 노랫말의 어수선함과 분주함이 뒤범벅되어 있다. 대동강 둑을 따라 아지랑이가 일렁이고 능수버들이 하늘거린다.

〈패강가〉의 오수는 1583년경으로 시대를 거슬러 올라가고 이 시에서는 자연과 하나 되어 사랑의 이치를 달관한 듯한 초월자 임제 선생의 낭만적 인생관이 드러난다.「이인일일절양류(離人日日折楊柳, 이별하는 사람들이 날마다 꺾는 버들), 절진천지인막유(折盡千枝人莫留, 천 가지 다 꺾어도 가는 임 못 잡겠네) 홍수취아다소루(紅袖翠娥多少淚, 여쁜 아가씨들의 많은 눈물 탓인 듯), 연하락일고금수(煙波落日古今愁, 해 질 무렵 부연 물결도 시름에 잠겨 있네)」

미니어처 가마가 여인의 심상(心像)을 끌어 오지만, 뜨거운 의지는 속절없이 무너진다.「위군재직무의싱(爲君裁作舞衣裳, 임을 위해 지으리라 춤추는 의상을), 첩모사화홍역감(妾貌似花紅易減, 저의 얼굴 꽃과 같이 피었다가 시드는데), 낭심여서거하경(郎心如絮去何輕, 임의 마음 버들솜처럼 머무는 듯 떠나지요), 원이백척청류벽(願移百尺清流壁, 비옵건대 백 척의 청류벽을 옮겨 세워), 차각란주불방행(遮却蘭舟不放行, 난주를 가로막고 놓아 보내지 않으리라.)」

임제 선생은 패강을 따라 연인 사이 사랑의 감정을 잘 묘사해 내고 있다. 안무가 장현수는「패강가」를 세 부문으로 나눈다. 미혹의 소리부, 설복 중심 여인의 마음, 잔잔한 이야기의 꼬리부이다. 패강은 예로부터 남녀의 사랑이 싹트고 교차하는 곳이었다. 거대한 수사의 소리, 움직임, 연기의 증폭을 거쳐 여인의 감정은 가(歌)로 격상된다. 장현수는 부픈 감정을 실어 백 척의 폭포수 벽을 강 가운데 옮기고 임의 배를 가로막아 함께 있고 싶은 심정을 표현해낸다.

조선조의 정가 〈패강가〉는 고려요인 〈서경별곡〉과 견주어진다. 악가무가 분리되지 않던 시절, 느리지만 호흡이 길고 감정이 깊어서 임과 이별하는 여인의 애절하고 순수한 마음이 빛난다. 장현수의 〈패강가〉는 푸른 절벽이나 버들의 상징을 온전히 가져오는 의상의 과장법 효과와 움직임에 따른 마음 뿌림이 정가와 어울려 엄청난 과장법, 감정의 표현을 보여준다. 〈패강가〉는 버드나무 사연 아래 한용운의 '나룻배와 행인'을 낳고, 푸르름을 지속한다.

사신을 성찰하는 내적 성숙으로 창작품의 미학적 승계를 이루어가고 있는 장현수 안무의 「패강가」는 한국무용협회의 제41회 서울무용제(2020.11.04.~11.20, 아르코 대극장)의 '무념무상(舞念舞想)Ⅱ' (11월 6일(금), 20:00)에 초청된 명작 무용이다. 한국무용협회는 장현수를 '환상적인 춤꾼'(Fantastic Dancing Star)으로서 "한국무용계를 이끌어오며 독보적인 아우라로 관객의 마음을 사로잡는 장르별 여성 안무가"로 소개하고 있다. 「패강가」는 장현수가 아니면 소화해내지 못할 공력이 느껴지는 사랑에 관한 깊이 있는 조감도였다.

「화사」(花史) 2019
꽃으로 풀어낸 왕조의 흥망성쇠

장석용 (시인, 예술평론가)

6월 12일(수)부터 15일(토)까지 예술의전당 CJ토월극장에서 임현택 각본·음악감독, 장현수 안무·연출의 「화사」(花史, Flower History, 2019)가 공연되었다. 「화사」는 조선 선조조의 시인이자 소설가인 임제(林悌, 1549~87)의 의인화 한문소설 〈화사〉를 토대로 구성된 무용극이다. 임제는 백호(白湖)·풍강(楓江)·소치(嘯癡)·벽산(碧山)·겸재(謙齋)라는 호를 취하고 산천을 두루 유람했으며, 풍류시인의 예혼은 오늘까지 살아남아 진한 여운을 남기고 있다.

「화사」는 고전을 화려하게 부활시키면서, 대문장가의 수사적 상상력을 재현한다. 설총의 「화왕계」의 맥을 잇는 소설 〈화사〉에서 임제는 자연의 이치에 따라 적응해가며 화사(華辭)와 흥망을 피워내는 꽃의 지혜를 존중하며, 당쟁에 휩싸인 자신의 왕조도 유사함을 피력한다. 그는 겨울을 이겨낸 봄부터 가을까지 피고

지는 하양·빨강·노랑 등의 꽃들을 관찰하여 도(陶)·하(夏)·당(唐)에 이르는 꽃나라(매화, 모란, 연꽃)를 중국 고대 국가의 흥망성쇠와 대비시킨다.

임현택('들숨'무용단 대표)의 각본은 기·승·전·결의 네 장(場)으로 무용극 「화사」의 큰 틀을 세우고, 프롤로그, 1막(5장), 2막(6장), 3막(2장), 에필로그(2장)로 구성된다. 중국사에 빗댄 세 왕(송설, 이태웅, 박준엽)은 도의 열왕과 영왕(매화, 봄), 하의 문왕(모란, 여름), 당의 명왕(연꽃, 가을)이다. 꽃나라의 군왕과 3대의 충신·간신·역신·은일(은거 학자) 등은 풍자적으로 묘사된다. 이야기꾼(노래 포함)으로 뮤지컬 배우인 임태경·한지상이 분위기를 돋운다.

「화사」의 구성은 다음과 같다. 기(起): 도의 열왕(매화)은 충신과 함께 도탄에 빠진 백성을 구하고 나라를 세운다. 승(承): 도를 계승한 동도의 영왕은 처음에는 정치를 잘하다가 소인배인 옥형(자두나무)을 승상으로 삼고 양귀인(버드나무)을 사랑하면서 사치와 향락에 빠진다. 동도는 무장(바람)에 의해 왕이 살해되고 왕조는 망한다. 하의 문왕(모란)은 문치에 힘써 문화가 부흥했지만 어진 신하들의 충고를 안 듣고 권귀(바람)의 딸 소녀를 왕비로 취했다가 그녀에게 독살당한다. 전(轉): 하가 망한 뒤 풍백이 실권을 잡게 되고 천하는 녹림적의 소굴이 된다. 지리적 조건으로 인해 나라가 태평했던 당(연꽃)은 명왕(연꽃)이 국방을 소홀히 하고 불교 윤회의 설법에 빠져 정사를 그르친다. 결(結): 당은 금의 왕인 풍백의 공격을 받고 망한다.

작품 속에서 꽃나라의 왕 매화는 엄동설한을 뚫고 피어나는 꽃 자체의 고유한 뜻 외에도 선비로서의 임제의 모습과 황진이의 지조적 이미지가 중첩된다. 꽃 중의 왕, 모란을 통해 군왕의 처신이 강조되고, 연꽃은 깨끗하며 세상 풍파에 얽매이지 않은 군자의 덕을 강조한다. 〈화사〉는 식물도감에 버금가는 초목의 성장과정을 왕조의 흥망 과정에 비유한다. 왕을 상징하는 매화, 모란, 연꽃 외에도 주변 인물로 계수나무·대나무·동백나무·복숭아나무·사시나무·소나무·자두나무·측백나무·팥배나무·회화나무·개망초·구리때백지·난초·네가래 나물·마름·반디나물·붕어마름·석잠풀·여뀌·장미·함박꽃 등이 의인화된다.

프롤로그에서 보이는 왕관이 꽃왕조를 다루는 무용극임을 암시한다. 검정 옷의 장현수(검은 그림자)가 어두운 역사의 이미지를 보인다. 죽은 꽃들은 무수히 쓰러져간 역사 속의 인물들이 있었음을 표현한다. 뒤편의 무용수 중 세 명의 왕(이태웅, 송설, 박준엽)이 천천히 나와 왕관을 바라보며 서 있다가 프롤로그가 끝날 무렵 물러나고 왕관도 사라진다.

1막

매화 꽃 몽우리가 이는 영상을 타고, 피아노가 라흐마니노프의 곡으로 꽃 왕조의 시작을 알린다. 해설자(임태경)가 두루마리를 펴며 왕조의 사연을 읊는다. 사연이 스쳐 지나가면 춤 무리의 움직임이 무대를 휘감는다. 궁녀 도요요(한지원), 양귀인(박수윤), 왕(이태웅)이 등장하고 나서 비발디의 음악과 함께 왕의 위기가 전개된다. 대장군 양서(윤영식), 장수 석우(김민섭), 왕 사이의 미묘한 기류가 흐른다. 군무가 따른다. 석우가 왕을 죽이고 양서를 해한다. 군무는 석우의 행동을 따라한다. 해설자는 "석우가 왕을 죽일 때 열렬한 선비 살아서 무엇 하리오?"를 읊조린다. 양귀인은 자살한다. 왕이 사라지고, 양귀인의 죽음에 군무도 사라진다.

장현수(국립무용단 주역무용수)의 안무는 「화사」의 커다란 한 축인 독무, 이인무, 군무로 짜인 춤으로써 분주한 조합을 구사하였고, 계절에 얽힌 꽃들의 생태를 기교적으로 세묘하였다. 그녀는 주제와 조화를 이루면서 검은 그림자 역으로 무용극을 주도한다. 그녀는 시대적 배경과 인물들을 현대적 감각으로 표현해내면서 '들숨' 무용단만의 창작 기법과 문화 전통을 세운 공연으로써 일반인들에게 창작무용의 문화 유전자를 기억시키고 있었다. 연출은 등장인물을 구별하고, 감정을 전달하는 장치로 의상의 도움을 받아 색상과 모양을 이용한다. 장현수 주축의 무용수들은 다양한 의상을 착용하고 꽃의 미적 시각화에 동참한다. 극이 진행되면서 영상은 이른 봄부터 자신을 가꾸며 다른 꽃들과 어울리고 무리를 이루다가 쇠하는 꽃들의 변화무쌍한 변화를 보이고 꽃(무용수)은 조응한다.

2막

목련왕 송설이 주도한다. 목련왕 시작은 1막과 유사하게 라흐마니노프의 음악으로 시작하여 비발디 음악으로 배합된다. 소녀(오지은)와 소녀의 아버지(정상효), 석우와 검은 그림자, 왕비(이은솔)가 등장하여 극적 구성을 이룬다. 왕과 소녀의 만남과 사랑, 검은 그림자와 석우의 감정표현, 석우와 왕의 갈등, 왕비의 외로움과 슬픔이 깔린다. 전체 군무에 천이 원용되고 현대무용이 리프팅 된다. 소녀와 아버지의 이인무에 이어 다양한 조합의 이인무가 무리를 이룬다. 왕과 소녀의 이인무에 이은 왕비의 독무는 슬픔으로 싸여있다. 왕비를 따라다니는 노래와 피아노, 여자들은 군무에 합류한다. 군무의 진행 중에 아버지로부터 받은 호리병으로 소녀는 왕에게 독약을 먹이는 죽음을 연출한다. 왕은 고통의 춤을 추고, 소녀는 그 모습에 놀라 천으로 목을 매고 죽는다. 남자 무용수들은 한 줄로 서서 전쟁을 준비한다.

「화사」에서 음악과 의상은 극을 이끄는 중요한 축이다. 음악감독 임현택은 김현섭(관악만돌린 오케스트라 지휘자)으로 하여금 피아노 연주와 작곡, 녹음의 편집을 담당하게 한다. 라흐마니노프와 비발디의 음악은 시종·장(場) 간의 극적 분위기 창출과 긴장감을 조성한다. 라흐마니노프의 교향적 무곡 op.45의 제 1·2·3 악장, 피아노 협주곡 제2번 c단조 op.18의 제 1·2·3 악장, 피아노 협주곡 제3번 d단조 op.30, 비발디의 합주 협주곡 제6번 조화의 영감 a단조 op.3이 강조되고, 협주곡 총 12곡이 고른 쓰임을 받는다. 김지원(웃짓는 '菀'(원) 대표)의 의상은 꽃들의 잎, 뿌리, 줄기, 암수의 수술에 따른 색깔과 형상을 상징적으로 잘 표현해 내고 있다. 강경호 영상감독과 호흡을 맞춘 원재성 조명감독은 꽃의 미세한 움직임과 감정 변화에 집중하여 꽃의 의인화 작업에 감정을 이입하는 빛의 변주로 놀라운 수완을 보인다.

3막

석우의 군대 신이 펼쳐진다. 피아노 연주가 시작되면, 검은 그림자가 아박을 친다. 배우의 해설이 이어진다. 라흐마니노프의 음악이 공간을 휘감고 검은 그림자가 등장한다. 연꽃왕(박준엽)과 왕비(한지원)의 이인무, 연꽃과 꽃(김나형)의 이인무, 이인무와 연꽃의 변주가 이루어진다. 연꽃과 이루어지는 군무는 원형이다. 원형 안에 꽃(김나형). 원형 바깥에는 검은 그림자와 이인무가 펼쳐진다. 석우를 따라 하는 군무가 이어진다. 무용수 전체가 사선으로 줄을 선다. 왕의 죽음 신이 이어지고, 연꽃 춤은 계속 진행된다. 왕의 죽음에 대한 애도와 다 같이 왕을 따라 죽는 신이 이어진다. 검은 그림자가 아리아를 하며 방울을 전달한다.

에필로그

모든 무용수가 무대 맨 앞쪽에 한 줄로 서서 검은 그림자에게 뻗은 줄방울을 들고 방울을 흔들기 시작한다. 해설자가 노래를 시작하면 무용수들은 방울 소리를 멈추고 무대 뒤로 걸어간다. 해설자가 뒤에서 걸어 나오며 노래를 한다. 방울이 가운데를 지나고 나면 가운데 피트에서 프롤로그 때처럼 왕관이 올라오고 검은 그림자는 다시 왕관 앞에 뒷모습으로 앉고 3인의 왕은 왕관을 바라본다. 막이 내리면 해설자가 임제 선생의 대사를 한다. 피아노 음악이 사라지고 대사만 들리면서 극은 대단원의 막을 종료한다.

공연의 대상이 될 수밖에 없는 임제의 문학은 시조 '청초 우거진'(청초 우거진 골에 자난다 누엇난다. / 홍안을 어듸 두고 백골만 무쳣나니. / 잔잡아 권하리 업스니 그를 슬허하노라.)로써 기생 황진이의 죽음을 애도하며 인생무상을 한탄하며 치제(致祭)했고, 기생 한우에게 시조 '한우가'(북창(北窓)이 맑다커늘 우장(雨裝) 없이 길을 나니, / 산에는 눈이 오고, 들에는 찬비로다. / 오늘은 찬 비 맞았으니, 얼어 잘까 하노라.)를 바치는 호방함과 인간미를 보여주었다. 임제의 일생과 일화를 살펴보는 것은 그의 인생관과 예술을 이해하는 척도가 된다.

임제는 아버지가 제주목사와 병마절도사, 훈련원 판관을 지낸 임진(臨津)이지만 스물세 살에 모친의 별세 이후 학문에 전념, 성운(成運)을 스승으로 모시고 사사했다. 1576년(선조9년) 28세에 생원·진사시에 합격하고 이듬해에 알성시에 급제한 뒤 흥양 현감·서도병마사·북도병마사·예조정랑을 거쳐 홍문관지제교를 지냈다. 임지로 가던 중, 닭 한 마리와 술 한 병을 사들고 황진이의 무덤에 찾아가고, 기생에게 시를 선사하는 호탕한 의기의 선비다. 임제는 스승의 형이 을사사화로 죽임을 당하자 속리산으로 은거

한 스승의 영향을 많이 받았다.

임제는 커다란 버팀목이었던 스승 성운이 죽자 세상과 연을 끊고, 벼슬을 물리고, 산천을 유람하면서 술에 젖고, 기행을 일삼는 풍류객으로 일생을 보냈다. 울분과 방황으로 보낸 짧은 삶의 후반, 호협한 삶의 대가로 황진이와 같은 서른아홉에 고향 나주에서 타계했다. 당대의 지성들인 이이, 허균, 양사언 등은 임제의 기행과 타고난 상상력을 발휘하는 문학적 재능을 인정했다. 〈화사〉는 왕조와 그 이면의 균열과 멸망에 이르게 하는 원인 묘사가 뛰어나다.

임제는 천여 수에 달하는 시(시조)를 창작한 시인이지만 왕조의 흥망성쇠를 주제로 삼은 한문소설 세 편을 남긴다. 꿈의 세계를 통해 세조의 왕위찬탈의 모순을 풍자한 〈원생몽유록〉(元生夢遊錄), 인간의 심성을 의인화한 〈수성지〉(愁城誌), 〈화사〉이다. 임제는 왕도정치를 현실과 괴리된 공허한 것으로 인식하였으며 그의 낭만적 세계관은 작품 속에 용해되어 있다. 후손 임현택이 〈화사〉의 가치를 발굴하고 무대화 작업을 실행한 것은 그 업적을 높이 살 만 하다.

〈화사〉의 핵심은 '참된 군자는 만절 선생과 같이 화초의 미덕을 본받으려고 애쓰는 법이다. 꽃의 덕을 닦고, 꽃처럼 결백하고 어질게 살아가려고 노력한다. 꽃의 성실성과 정직성을 예찬

하지 않을 수 없다.'라는 부분이다. 무용극 「화사」는 화려한 이미지 창출에 성공했지만 방대한 내용을 축약하는 과정에서 내용을 좀 더 단순화 시켰더라면 일반 관객이 이해하는데 도움이 되었을 것이다. 누구도 시도하지 않았고, 모든 장르에서의 협업이 이루어낸 「화사」의 성과와 탄생에 존중의 마음을 표한다. 「화사」의 다른 버전을 기다린다.

「목멱산59」 2019
장현수 안무·연출의 시공간 아우르는 담대한 무용극

장석용 (시인, 예술평론가)

5월 29(수), 30(목), 31(금) 오후 여덟 시 국립극장 하늘극장에서 장현수 안무·연출, 임현택 대본·음악연출의 「목멱산59」가 들숨무용단(대표 임현택, 비상임안무가 장현수) 주최로 사흘간 3회 공연이 있었다. 국립무용단 주역무용수 장현수가 직접 출연하여 공연의 한 축을 담당하고, 연기자 노영국·이정용의 해설, 염희숙(성악)과 박경운(피아노)의 라이브 연주가 기본 골격을 구축하고, 오상영(무대세트), 원재성(조명), 강경호(영상) 등이 협업한 무대는 연출과 안무의 의도대로 남산과 인생의 사계를 관련 지으면서 촘촘히 시대를 조망하였다. 형이상학적 위선을 걷어내고, 느낌으로 보여준 공연은 만석을 이룬 공연장을 흥분으로 몰아넣었다.

장현수 표 무용은 안무와 연기 측면에서 믿고 보는 춤의 전형이 된 지 오래다. 대중성을 확보하기 위해 쏟은 노력 이면을 혜

아려 보는 것도 이 무용극의 또 다른 매력 중의 하나이다. 금년 「목멱산59」는 서울의 남산을 중심으로 기점적·통시적 한 시대를 넘나든다. 외형적 화려함과 더불어 이면에 자리 잡은 비극성은 작품을 살리는 커다란 요인이 된다. 여인(장현수)네는 남산골에 살면서 보통 사람들의 애환을 고스란히 겪는다. 근·현대 사이의 충돌, 전통과 현대 사이의 이질적 가치가 비극적 상황과 연결될 때 춤은 진정성을 확보한다. 춤은 비발디의 '사계'와 대중가요를 주조로 하여 연대기적 횡보를 보이면서 가족·시대·음악을 변주한다.

연출은 원형무대의 이점을 살리면서 어울림을 주도한다. 피할 곳 없는 무대에서 방위 구축은 무수한 움직임과 숨 가쁜 등·퇴장을 요구한다. 극성을 살리는 음악 연출은 대중가요와 클래식의 조화, 대중가요의 클래식화(化)를 꾀하면서 장간(場間)의 호흡을 조율해낸다. 피아노 연주는 영혼이 실릴 때 작품 해석이 남다르다는 말을 듣고, 가창은 자신이 아닌 극에 용해되어 보조할 때 빛이 나는 법이다. 둘 간의 조율은 가창력이 돋보일 때이다. 춤은 꿈결처럼 시대 이미지로 스쳐 지나가고, 가슴에 남는 것은 여인이 등장하고 음악 스코어가 각인되면서부터이다. 흑백 영상은 지속해서 지금 이전에도 서민들이 삶을 지탱해 왔음을 밝힌다.

삼년을 이어 온 「목멱산59」는 남산을 끼고 무수한 예인들이 일군 문화적 자신감을 증거한다. 이번 공연은 한국무용 기반의 춤, 문학적 묘미를 느끼게 하는 해설, 조명의 변화로 더욱 다채로운 무대 세트, 극성이 가미된 춤의 변주, 현재와 과거를 유추하게 하는 영상, 동서양을 넘나드는 음악, 현란한 수사의 미장센은 종합예술로서의 예술성과 대중성을 동시에 확보하고 있다. 이 작품의 장점은 무엇보다도 민족의 아픔을 극복해내면서 계층과 시대를 잘 아우르고 있다는 점이다. 소리 없이 민족의 아픔에 동참하면서 문화 발전에 대한 기여와 헌신을 상기시키고, 기존 질서의 것을 바탕으로 융·복합을 실천하며 의지를 세우는 것은 담대한 용기이다.

많은 장점을 가진 작품임에도 불구하고 아쉬운 점이 없는 것은 아니다. 공적 지원 없이 시간과 예산에서 자유로울 수 없었겠지만 과감한 비틀기와 규모의 확장으로 버전을 달리하는 작품을

시도하지 않았다는 점이다. 민간무용단에서 국공립무용단조차 시도하지 않아 애초에 불가능한 일인지도 모르겠지만 오케스트라와 합창단의 운용으로 규모를 확장하고, 창작곡과 편곡의 운용으로 관객의 수준을 끌어올렸어야 했다. 무용의 전문성 향상과 시민을 위해 무용 외적인 일들에 대한 적극적인 지원이 있었어야 했다. 공연이 끝나고 커튼콜이 불가능할 정도로 출연자들과 관객들이 어울려 하나가 된 것은 공연사에서 흔치 않은 진풍경이었다.

「목먹산59」는 정점에 서 있는 주도적 예술가들이 관객들의 공감대를 재확인하며 새로운 돌파구를 모색하는 의미 있는 공연이었다. 세칭 상위문화와 하위문화의 접점에서 찾은 어울림의 공연은 세분화를 통해 기득권을 확보한 예술가들에게는 비난의 대상이 될 수도 있겠지만 대중의 환호와 호응을 넘어서기 힘들었다. 근접할 수 없는 영역으로 섬겼던 무대로의 관객들의 자연스러운 진입은 뛰쳐나오거나 부둥켜안는 행위의 또 다른 표현이다. 기초 골격이 튼튼하니 새로이 지어질 건축물은 튼실할 것이 분명하다. 창작은 모험이며. 모험을 넘어서는 과정도 예술가의 몫이다. 이 시점에 이탈리아의 테너들, 팝 아트의 거장 앤디 워홀, 장이예모우의 파격적 공연 작업이 떠오른다. 이 땅에 전통춤을 기본으로 한 민간무용단의 창작춤 예술경영은 부존(不存)하는 것일까? 국제무대에서도 실수요가 있는 한국 창작춤의 거대한 도약을 기대한다.

수요춤전 「춤의 요새」 2019
돋보인 기량의 정상급 춤꾼들의 역무(力舞)

장석용 (시인, 예술평론가)

우면산 자락에 위치한 국립국악원 풍류사랑방은 '춤의 요새'
(Fortress of Dance)라고 불린다. 국립국악원 풍류사랑방은 '수요춤
전'(Korean Traditional Dance of Wednesday)에 국립무용단의 핵심 춤꾼
장현수·송설을 초대하여 '전통춤에 기반한 춤의 외연 확장' 가능
성을 모색하였다. '고도의 진지성'과 '흥신을 부르는 매력'을 탑
재한 춤, 칠현금과 생황을 품은 악기 편제, 전통의 심오함으로
울림을 주는 소리로써 악가무(樂歌舞)의 완벽한 조화를 창출해내었
다.

2019년 2월 27일(목) 늦은 여덟 시, 우리 춤의 향방을 가늠하
는 척도로 기능한 「춤의 요새」(Fortress of Dance)는 〈방어의 춤〉(도살
풀이춤)에서부터 〈청산〉, 〈진동〉, 〈묘함의 조화〉(승무), 〈나비의 잠
〉, 〈Me:in〉, 〈사랑의 찬가〉(장고춤)에 이르기까지 성벽을 경계하

는 파수꾼처럼 팽팽한 긴장감을 유지하며 춤의 계파(階波)를 조율하는 섬세함을 견지하고 있었다. 장(場)의 사이를 이음하는 연출의 기교와 춤의 심도와 시각효과를 높이는 조명 연출도 눈에 띄었다.

시대의 춤꾼 장현수·송설은 전통과 전통에 기반한 창작무의 넓은 스펙트럼을 자기화하며 현재적 춤 기량을 마음껏 발휘하였다. 선조들의 시대적 암울과 풍상을 털어낸 그들의 춤은 희망의 좌표로 우뚝 서 있었으며 여유와 주도적 춤 언기로 춤의 격을 높이고 있었다. 뜻으로 풀어보면 안무와 연출 하나하나가 재미있는 공연, 거기에다 시립무용단 주역무용수로서 발군의 실력을 보여주었던 박수정의 춤을 풍류사랑방에서 볼 수 있었던 것은 또 다른 행운이었다.

방어의 춤(도살풀이춤, Dance of Defense, 장현수 홀춤) : 세상의 모든 이치를 깨트리고 인간을 괴롭히는 것들을 막아내는 방패 기능의 춤이다. 방어(防禦)는 산(山)을 닮아있다. 장현수는 가야금·장고·칠현금의 영접을 받으면서 견고한 성(城)이 되고, 슬픔과 기쁨의 높낮이를 백색제의로 풀어낸다. 의식을 집전하며 보여주는 상부의 격, 추임과 신명을 부르며 심도를 높이는 연기적 기교, 특유의 긴 천을 운용하며 만들어 내는 조형성이 각인된다.

청산(재창작무, The Blue Mount, 송설 홀춤) : 심산에서의 무위자연의 삶을 동경하는 정가가 그윽하게 울려 퍼진다. 결이 다른 「살어리 살어리랏다, 청산에 살어리릿다.」이다. 전통음 지키겠다는 각오의 표시로 여가수를 감싸는 송설, 푸른 바다와 자연을 벗 삼던 맨발의 낭만시대와 고향을 기억해낸다. 땅을 상징하는 검정 의상이 전 장(場)과 대비를 이룬다. 전통에 기반한 춤은 사고의 깊이 창출과 강약·완급 조절의 묘를 보이며 조화를 이룬다.

　진동(Joy of Fullspring, 오슬비·최윤정·최혜련 셋춤) : 봄기운이 풍겨오는 입춤의 묘미, 참았던 봉우리들이 봄으로 퍼지는 모습은 진동에 가깝다. 흥에 겨운 여인들이 나들이에 나서면 꽃이 여인이고, 여인들이 꽃이 되어 춤은 새소리를 품는다. 선(線)으로 나풀되는 절정의 춤이 극광(極光)의 조명을 탄다. 칠현금과 생황이 가세하여 노랑·파랑·빨강·초록으로 번지는 봄을 찬미한다. 박수가 터져 나오고, 바람이 간지럽히는 꽃은 흔들리지 않을 수 없다.

　묘함의 조화(Harmony Between Monk and Nun, 승무, 장현수·송설 둘춤) : 예술춤을 지향하는 승무의 특징과 수행의 궤적을 검고도 긴 가사장삼의 두 사람이 훑어간다. 노란 띠에 연두색 고깔의 여승은 속가의 미련이 남아 있는 듯하다. 그들의 심정을 꿰뚫고 있는 칠현금이 의식의 집중을 유도한다. 점과 선이 된 디딤과 사위는 움직이는 그림이 되어 시각적 아름다움을 선사한다. 부드럽게 유영(遊泳)하는 움직임은 번뇌를 극복해내는 숭고미를 보여준다.

나비의 잠(Sleep of Butterfly, 박도현·김도현·김민섭 셋춤) : 땅의 운기를 받은 검은 코트의 사내들이 대지의 신선한 공기를 대면한다. 악사의 구음이 거들고 기본 움직임을 동원한 춤은 수를 변주한다. 승무의 북두드림에 견주어지는 춤은 애벌레의 변태 과정을 전통기반의 역동적 몸짓으로 구성한다. 코트는 벗겨지고 모아지고 던져지면서 허물을 상징한다. 나비가 되어 떠나는 모습이 자유와 해탈을 지향하고 있어 창작 승무의 진정성이 느껴진다.

Me:in(Love in My Dream, 미인, 송설·박수정 둘춤) : 12가사 중 상사별곡을 이사수가 부르면서 미인(美人)의 사연이 전개된다. 임은 떠나고 그리움만 남았다. 내 안에 일던 둘만의 농밀한 이야기가 춤으로 번진다. 긴 원피스의 여인 박수정의 빨강과 이 땅의 지킴이 사내의 중후함이 묻어나는 검정이 어울려 열정의 청춘시대를 스쳐간다. 대금과 장고 선율에 맞추어 여인은 그리움이 불러낸 임과 춤을 춘다. 박수정의 열정적 춤이 현대를 입어 빛을 발한다.

사랑의 찬가(Love That's All, 장고춤, 장현수 홀춤) : 아직 꺼지지 않은 사랑의 흔적이 남아있다. 여인은 속이 빨간 의지의 장고를 맨다. 세월이 연마시킨 사랑은 초월을 달고 미소 짓는다. 겸허하게 고깔을 쓰고, 존귀 속에 모든 것을 담아내라고 권유한다. 둘이 하나 되는 춤에 하이키 라이트가 동행한다. 흥에 겨워 장고를 벗고 춤을 부리다보면 진화인지 혁명인지 모를 세상은 상부구조의 품격을 갖춘다. 정상에서 만나는 춤은 사랑이며, 사랑은 포용의 산

물이다.

 한국무용학회 상임이사로서 세종대 대학원·한예종·선화예고에서 후진을 양성한 장현수는 다양한 지도 경험을 바탕으로 송설을 춤 파트너로 삼았다. 송설은 국립무용단 주역무용수, 상명대 대학원, 신인무용콩쿠르 대상, 대한민국무용대상 김백봉상을 수상한 타고난 춤꾼이다. 연주단으로 신재현(아쟁·칠현금), 유경화(장구), 오경자(가야금), 위재영(피리·생황), 이명훈(대금)과 함께한 작업은 서로를 지나치게 내세우지 않고 조화의 아름다움을 보여주었다.

 장현수, 국립무용단 주역무용수와 훈련장을 오가며 국립무용단의 위상을 드높인 고품격 춤꾼이며 들숨무용단 공연의 안무를 도맡아 하는 최우수예술가상 수상의 안무가이다. 장현수 주도의 수요춤전 「춤의 요새」는 자신의 다양한 재능의 일부만을 진설하고 후배들을 돋보이게 하는 공연이었다. 장안의 젊은 춤꾼 송설과 박수정을 불러 자신과 대무하는 마음 씀씀이는 춤길의 선배로서 춤 자체의 기량뿐만 아니라 큰 단체를 운영할 수 있는 지도자의 품성을 보여주었다.

6.

「만남」 2018
들숨무용단 기획공연, 우리 춤과의 만남

이 상 인 (티티엘뉴스 선임기자)

2018 사단법인 들숨무용단 기획공연 '우리 춤과의 「만남」'이 내일(25일)부터 28일까지 4일간 예술의 전당 자유소극장에서 평일 오후 8시, 주말 오후 6시 막을 올린다. 이번 공연의 총괄기획은 사단법인 들숨이며, 무대감독 김인식, 조명감독 김익현, 음향감독 장명규, 의상제작 이효준, 음악연출 임현택, 총괄안무 장현수, 기획 김진각(성신여대 교수)이 맡고 있다. 출연진으로는 이은솔, 이소정, 조현주, 박영애, 박준명, 이승아, 김승현, 박준엽, 김민섭, 김도현 등이며, 오랜 기간 흘린 멋진 땀의 결실을 관객들에게 선보이게 된다.

춤은 몸을 지배하는 사상에서 사상을 확장하는 마음을 표현하는 동작이다. 만남이란 사람과 사람, 사람과 자연, 사람과 미래(시간), 사람과 과거, 사람과 마음의 교류와 확장성을 통해 만들어지는 예술이다. 「만남」의 예술적 표현은 사람이 미래의 확장성에 주안점을 두고 있다. 마음과 마음의 표현이 아름답다는 것은 우리 모두의 바람이기도 할 것이다. 차디찬 새벽 공기의 결정체인 아침이슬의 운명처럼 맡겨지는 수동적 모양이 아닌 미래의 지향점을 마음으로 찾아가는 능동적 확장성을 갖는 아름다운 관객과의 만남을 중요시하는 예술 행위로 이번에 공연되는 '우리 춤과의 만남' 속에 이 모든 것이 고스란히 담겨 있다.

우리 춤과의 만남은 ▷곳고리새 ▷정중동의 흥과 멋 ▷진동 ▷따뜻함을 담아 ▷묘함의 조화 ▷아련한 재회 ▷신의 노래 ▷사랑의 찬가 ▷만남 9가지 주제로 이어진다.

곳고리 새(출연 이은솔) : 고려가요 동동의 사월에 비유된 표현으로 조선 궁중 연희의 독무이다. 봄의 아름다움을 6자 무대에서 아름다운 표현과 절제된 동작으로 움직임을 느낄 수 없음을 특징으로 한 비단결 춤이다.

정중동의 흥과 멋(안무 및 출연 이소정) : 자연 속에서 신과 인간이 어울려 함께 살아가는 과정에서 신들의 질투와 모함과 제한됨에 굴하지 않고 현명하고 지혜롭게 방향을 찾아가는 과정에 남아 있는 잔상을 정리하며 새롭게 신들과의 생활을 찾아간다. 꿈결 같은 호흡으로 대지를 깨우는 마술 같은 춤의 살결이 스칠 때 고요함에 다가가는 우리는 흔들림 속에 새로운 믿음이 밀려온다.

하나 둘 셋 넷 다섯을 세면서 여섯을 생각해야 함에도 항상 다섯만 노래하는 장독대 모서리에서 보이는 우아한 선 마음의 소리에 귀 기울이며 새로운 흐름에 적응하며 조금은 다가간다. 이제 함께 선을 그리며 전달되는 모두의 호흡은 격동의 피도를 만들어 새로운 흐름에 젖어 든다. 염원 속의 인간적 이해심이 보듬어 주는 이 순간이 격동의 삶의 질곡인 것 같다.

따뜻함을 담아(출연 박영애) : 인간적으로 어두운 생활을 하던 창우들이 광대예술이 활발해 짐에 따라 창작한 춤으로 감정을 확대히기 위해 수선을 들고 그들의 생활 영향으로 슬픈 음악을 반주로 사용한다. 사랑방 손님 접대 시 보여주는 공연예술로 곱고 솜결 같은 대삼, 소삼, 잉어잡이, 완자걸이 춤사위는 서민 문화의 대표격이다.

진동(안무 장현수, 출연 조현주) : 격정적이며 애절함의 절정을 보이며 절규가 아닌 울림의 사랑을 속삭이는 선의 미학을 보여주는 새로운 춤사위를 선사한다. 선율을 타고 노는 선녀의 자태가 가려지는 한국무용의 극치를 보여주며 표정에서 시작되는 가녀린 선은 흐르는 바람 소리보다 더 섬세하게 그려짐이 백미라 할 수 있다.

묘함의 조화(안무 및 출연 장현수) : 살아 있는 선의 움직임은 맺고 푸는 리듬의 새초롬을 바탕으로, 구성진 타령처럼 부드러우며 우아한 곡선을 그리며 혼의 일렁임으로 속삭이는 마음의 호수 위로 사뿐히 내려앉는다. 정제되어 완숙된 완벽한 선의 일렁임은 천상의 아름다움과 흥의 절정을 보여준다. 자연 속의 속삭임과 아름다움의 표현과, 흘러가는 향기를 마음에 담아 선으로 표현하는 절정의 춤이다.

아련한 재회(안무 장현수, 출연 조현주 박준명) : 새로운 마음으로 희망을 노래하던 그 어느 때를 멀리하며 인고의 세월 동안 따스한 햇살에 의지한 내일의 모습을 그리며 기다려 온 참다운 형상에 작은 미소로 답할 줄 아는 우리는 즐거운 시간 동안 우리를 노래했다. 투명한 우리의 기억을 더듬는 오늘은 작게 가져온 변화에 소스라치게 놀라며 머리 가장자리에 얹은 찬 서리의 냉기를 멀리하며 온기를 찾아 서로의 희망이 된다.

신의 노래(안무 장현수, 출연 김승현 이승아 박준협 김민섭 김도현) : 항상 새로움에 대한 두려움과 설렘을 갖고 신의 마음으로 여러 가지 모양으로 채색하는 우리들의 시간 속 깊은 여행에 적당히 지쳐 있을 때 꿈을 꾼다. 꿈은 이루어지지 않고, 이루어 질 수 없어 아름다운 마음을 갖지만 우리들은 현대를 살아가는 모습에 비춰 알아간다. 이별이 아닌 구성을 꿈꾼다. 즉 만남을….

사랑의 찬가(안무 및 출연 장현수) : 음악이 주는 문학적 요소를 표현하는 여인의 사랑을 청춘의 허무한 향수와 새롭게 피어나는 아름다움을 보여주며, 남자를 처음 봤을 때부터 전달하려고 하는 지고지순한 사랑의 진심이 힘든 의미를 담고 있기도 하다.

만남(안무 및 출연 장현수) : 아무런 이유 없이 그저 좋기만 한 상내방이 기쁜 듯하다가 슬프고, 감미로우며 수줍고, 희망에 가득차 있으면서도 평온하고 톡톡 튀다가 우아한 고귀하고 행복한 선율을 타고 노는 애절한 동작이 사랑으로 인한 벅차오름과 설레임을 기쁨으로 느끼며 아름다운 생애를 살기 바라는 한국무용의 극치를 보여주는 우리의 춤이다.

총괄 안무자 장현수 씨는 "철없이 시작한 한국무용은 하면 할수록 춤을 추면 출수록 어렵고 어렵다." "한국무용의 참 멋을 선사하기 위해 어렵고 더욱 어렵게 느껴지는 무용 춤사위를 쉽고 재미있게 풀어보려고 뜨거운 여름을 참고 이겨내며 연습과 준비를 했다."라고 밝혔다. 장 감독은 "항상 무대에 오를 때는 떨리고 걱정되고 아쉬움이 남지만, 여러분을 만나면 걱정은 흥과 환희로 바뀌며 재미있는 춤사위가 된다."라면서, "여러분을 만나 흥을 드리고 싶다"라며, "잘 익은 춤이니 감칠맛 나게 만나길 바란다."라고 말했다.

(사)들숨은 한국무용의 대중화, 현대화, 세계화, 전통 예술의 저변확대를 통해 전통무용과 신무용의 조화·발전을 도모하고, 세계성을 지닌 작품을 제작하며, 국제 문화예술교류를 비롯한

국내·외 공연 활동으로 한국무용 공연의 돌파구 및 방향을 제시하기 위해 들숨 임현택 대표와 국립무용단 장현수 비상임안무가를 중심으로 한국무용계 인사들이 모여 설립한 사단법인이다. 현재 한국무용 작품의 보급 및 브랜드화, 국가공모 사업 및 기업 복지 사업, 국제 문화교류 사업(국외 공연), 출판사업, 국내외 기부 사업 등의 주요 사업을 추진하고 있다.

공연이 무대에 올려지는 과정과 진행에 있어 단체 내에서 기획, 제작, 홍보, 마케팅, 무대 제작 및 공연 진행 사업에 필요한 인력자원을 갖추고 있어 예술적 측면에서 완성도 높은 공연을 자랑하고 있다. 한편, 한국무용의 저변확대를 중점으로 두고 연구개발 및 타 장르의 융합과 조화를 통해 대중과의 소통과 공감을 끌어내는 작품을 만들기 위해 끊임없이 연구와 실험을 반복하고 있다.

7.

「만남」 2018
이질과 동질의 만남의 연원

장 석 용 (시인, 예술평론가)

　장현수 안무의 우리 춤과의 「만남」이 2018년 10월 25일부터 28일까지 예술의 전당 자유소극장에서 평일 오후 8시, 주말 오후 6시에 공연되었다. 「만남」은 전통과 현대를 아우르며 들숨무용단의 특성과 춤 연기자들의 기교를 보여주는 무대였다. 다양한 장르·매체와의 '만남'은 주제적 제목의 의미를 심화시킨다. 사람과 사람, 사람과 자연, 춤과 음악, 전통과 현대와의 '만남'은 전통무용의 흥과 창작무용의 신비한 감동으로 이어진다.

　「만남」은 전통춤과 클래식 음악의 조화로운 앙상블로 관객과의 소통을 도모한다. 국악과 양악 사이에 전통춤과 창작무용이 진설된다. 밋밋한 전통무용 이름들이 고급진 제목들을 달고 나타나면서 춤은 새로움의 대상이 된다. 프로그램은 '곳고리새'(춘앵무), '정·중·동의 흥과 멋'(태평무), '따뜻함을 담아'(살풀이), '진동'

(교방무), '묘함의 조화'(승무), '아련한 재회'(창무), '신의 노래'(창무), '사랑의 찬가'(장고 허튼춤), '만남'(창무)에 이르는 아홉 개로 구성된다.

'만남'은 대자연의 변화무쌍한 상황을 극복하기 위해 생명체 사이의 만남을 통해 위로와 위안을 받는 과정이 담긴다. 사람과 사람, 자식과 부모, 사람과 신, 나와 사회, 전통무용과 서양 음악 등 다양한 만남의 과정이 춤으로 승화된다. '만남'은 고려가요 '동동'에 등장하는 '곳고리 새'를 안무로 표현한 장현수 독무의 궁중무 '춘앵무'를 비롯 '아련한 재회'와 '만남'에 이르는 감동을 선보이며 전통무용의 우수성과 참 멋을 과시하였다. 다양한 만남의 과정들은 짜임새 있는 구성으로써 작품의 몰입도를 높였다.

설렘과 희망 너머의 두려움을 극복할 인간들의 연희적 장치를 확인할 수 있는 한국무용 「만남」은 공연 인구의 저변확대, 대중화를 위한 상설 브랜드화, 전 세계에 한국전통예술의 우수성을 알리고 세계화의 발판을 마련하는 데에 손색이 없는 작품이었다. 「만남」은 국립무용단 무용수들이 두루 출연해 세대별 춤사위를 만나 볼 수 있는 기회도 제공했다. 젊은 춤꾼들의 열정과 오랜 내공을 쌓아온 무용수들의 노련한 연기력의 조화를 엿보는 것도 흥미거리다.

「목멱산59」 2018
장현수표 창작무용의 만개를 알리는 역작

장석용 (시인, 예술평론가)

  2018년 6월 29일(금) 여덟 시, 30일(토) 다섯 시, 국립극장 KB 청소년하늘극장에서 장현수 안무의 한국창작무용 「목멱산59」(각본·음악연출 임현택 들숨무용단 대표)의 2018년 버전이 공연되었다. 느린 흑백 영상 속에 신무용의 전성기를 껴안았던 서울의 남산 장충동 59번지는 한국무용의 성장과 향방을 견인하는 국립무용단의 주소이다. 남산과 비발디의 사계의 만남을 확장한 안무 사이에 근현대사가 스쳐 간다.

  '창작산실-올해의 레퍼토리 사업'에 선정된 「목멱산59」는 '여인의 일생'에 걸친 한의 정서를 체에 걸러 낸 듯한 섬세한 안무력, 양악과 국악의 현장감이 선사하는 조화로운 배합의 음악, 파스텔 색조의 조명 등이 절정의 춤사위와 디딤에 실려 '춤의 미학'을 성취해낸 작품이었다. 비발디의 거대한 감성을 두고 안무와 현장 음악이 어울린 경우는 모리스 베자르의 '합창'을 떠올린다. 모험적 시도의 한편에 우뚝 솟은 장현수의 안무는 한국 정서의 동화성에 접근한다.

무대 세트는 동화적 공간을 인지하도록 남산에서 조망할 수 있는 초가와 너른 마당에 딸린 정원을 미장센의 대상으로 삼는다. 안방 문을 여닫으면서 '혼돈의 시대'가 흘러가고 사건과 사연이 살구처럼 열린다. 마당은 여름날의 담화를 낳으며 멍석을 껴안기도 하고, 가을엔 노란 달덩이가 되기도 한다. 무대와 창작무용의 어울림은 사실을 환상화 시킨다. 시대를 관통하는 장치로 흘러간 대중가요와 서양음악, 가곡 등을 배경으로 현대와 전통이 부드럽게 조우한다.

우리춤의 대안을 제시한 「목멱산59」는 신문명의 유입과 함께, 분주하게 음악이 편집·삽입되어 춤에 감정을 이입시키면서 이미지를 구축한다. 계절과 시대에 얽힌 의상 또한 장현수의 무용극의 흐름을 따라간다. 순회공연 초청작으로 꼽힐 「목멱산59」는 프롤로그, 에필로그가 있는 4장으로 구성된다. 1장 : 정원에서의 춤의 언어(봄), 2장 : 마음을 이야기하는 정원(여름), 3장 : 속삭임이 있는 노래의 정원(가을), 4장 : 무대 위 갈채 속 행복의 정원(겨울)으로 구성된다.

연둣빛 저고리에 꽃무늬 가득한 신식 깡통치마를 입은 소녀가 이른 봄을 솔로로 풀어낸다. 조앤 바에즈(Joan Baez)의 '솔밭 사이로 강물은 흐르고'가 청순하고 아름다운 처녀의 이미지를 가색(加色)한다. 남성 독무가 느낌을 이어가며, 세 저고리(노랑, 연두, 분홍) 소녀의 춤에 라이브 현악 사중주가 달라붙고, 대중가요의 클래식화(化)가 이루어진다. '봄비를 맞으면서 충무로 걸어갈 때…'로 흐르는 유호 작사·작곡의 '서울야곡'이 중심가 서울 분위기를 훑어낸다.

1장

서민들의 삶의 안식처인 남산골에 봄빛이 터지고, 힘든 일상을 살아가는 가족들에게도 봄의 서정이 스며든다. 천진난만했던 소녀 시절, 버들강아지 손에든 소녀들이 느리게 아름답게 미래를 춤춘다. 나무의자 두 개가 놓인 플로어 곁으로 남학생이 나타나면서 신교육이 이루어지고 있음을 알린다. 조명은 서서히 밝아지며, 바닥의 황톳빛은 달을 닮아있다. 피리가 감정선을 따라간다. 이때 객석으로부터 머리에 바구니를 인 어머니(장현수)가 등장한다.

분홍치마에 무명저고리를 입은 어머니의 심정을 담은 '타향살이'가 가야금 연주에 실린다. 국악관현악단 연주가 가세하면 장현수의 느긋하고 천연덕스런 연기는 빛을 발한다. 춤은 듀엣으로 확장되고, '개나리 처녀'가 들어오고, 어머니의 잔 동작, 잔 걸음에 해금이 가세한다. 듀엣이 퇴장하면 의상이 바뀌고, 김동

환의 시에 김동현이 곡을 부친 '산 너머 남촌에는'이 박찬영의 피아노 연주에 맞추어 소프라노 김경림이 가창한다. 가사의 의미를 따라가다 보면 책보를 멘 남학생 듀엣의 갈등과 우정의 춤을 만나게 된다. 소녀들도 신구식 취향으로 구분된다.

2장

뜨거운 시대적 열정을 타고, 일렁거리는 마음들을 비발디의 여름이 파고든다. 생의 나침반이 흔들리던 시절, 낯선 양장 차림의 모던 걸이 등장한다. 모던 보이들과 모던 걸들의 춤이 벌어진다. 멍석과 평상으로 상징되는 여름밤, 어머니는 대금이 위로하는 가운데, 밤의 서정을 곁에 두고 이런저런 고민을 껴안는다. 장현수의 심리연기가 발휘된다. 백난아의 '찔레꽃' 노래에 피리·장고·가야금이 화답하고, 한복남 작곡의 '앵두나무 처녀'가 불안으로 다가온다.

무대는 투사 영상, 무대 세트(초가집), 플로어(셰레이드 효과), 관현악 4중주, 피아노, 국악관현악단 영역으로 분할된다. 순차적 구성의 내러티브는 계절이 바뀌면서 소녀가 성장해 가는 과정 속에 시간의 나이는 자연의 이치에 순응하도록 강제한다. 회한의 정서는 부모의 뜻을 따르는 것이 전통적 미덕으로 삼았던 어머니의 현재적 삶을 지켜보면서도 거부할 수 없었음이다. 전통과 현대가 서로 보듬으로써 작품의 존재적 가치를 살린다.

3장

대지의 뜻을 담은 결실에는 고귀한 희생을 생각하게 된다. 장현수는 고도의 절제 속에 움직임에 대한 미묘한 차이를 감지해내는 절대무감(絶對舞感)과 넘치는 연기력으로 생동감을 일으켰다가 가라앉히는 기교를 소지하고 있다. 미안함과 안쓰러운 마음으로 잠 못 이루는 어미의 밤, 결혼을 앞둔 모녀의 갈등 위로 오동잎이 떨어지는 가을밤의 한복남 작곡, 가수 황정자의 히트곡 '오동추야(梧桐秋夜)'는 위안의 도구가 된다.

분홍 저고리 처녀의 독무에 이어 청년이 등장하여 이인무가 이루어진다. 백설희의 '물새 우는 강 언덕'이 클래식화 되고, 둘이서 부르고 싶은 사랑노래는 결혼식의 전조였다. 웨딩드레스 차림의 신부의 독무에서 5인의 신부의 춤으로 확장된다. 의자가 놓인 가운데 부케가 등장하고, 한 쌍의 부부가 탄생된다. 피아노와 가곡이 어우러져 결혼식 축가가 불려진다. 트라우마가 있는 듯 보이는 신랑, 신부의 독무에 이어 환상적 네 쌍의 춤이 절정을 이룬다. 국악관현악단의 '타향살이'가 서민들의 삶이 여전히 팍팍함을 알린다.

4장

장현수의 코리안 탄쯔 테아터(Tanz Theater)의 결말은 여전히 희망이다. 어미의 세월은 그렇게 흘러갔다. 오래전, 다듬이질하던 어미의 모습, 초가집 방문을 열고 나오면서 고이 키운 딸을 전통

결혼식으로 출가시켰다. 세월 따라 어미는 초가에서 임종을 맞는다. 봉화 모양의 첨단 복식을 한 다섯 여인의 클래식한 제의(祭儀), 아쟁과 피리가 슬픔에 가세하고, 하늘에는 눈이 떨어진다. 유호 개사 손목인이 작곡한 '안해의 노래'가 무대에 퍼진다. 어미는 눈을 쓸다가 서 있다. 이어 이시우 작곡의 '눈물 젖은 두만강'의 아쟁과 해금의 선율이 느리게 어미의 마음을 파고든다. 딸 부부는 그림처럼 잠들고 『목멱산59』의 사연은 종료되지만 에필로그로 이어진다.

에필로그

장고를 멘 장현수는 관객들이 무대에 올라 춤을 추도록 유도한다. 장현수의 춤은 대동과 열림의 춤으로 바뀐다. 선율은 '앵두나무 처녀'에서 '오동추야'로 이어진다. 춤은 화평과 화합의 기원으로 마무리된다. '앵두나무 우물가에 동네처녀 바람났네.'에서 '오동추야 달이 밝아 오동동이냐'에 이르는 공연은 국립무용단이 레퍼토리화 해도 전혀 손색이 없는 명품이었다. 장현수의 전통춤을 기반으로 한 오늘을 감내하는 창작무용은 각 부문에 열정을 실은 예인들과 여덟 명의 재기 있는 춤 연기자들의 춤과 함께 탁월한 안무력을 보여주었다.

9.

「생수」(生水) 2018
시적 상상력과 절정의 기량이 낳은
격조의 전통춤

장석용 (시인, 예술평론가)

장현수의 무역(舞域)은 경계가 없다. 그녀는 바람과 구름의 신비를 독해하여 춤에 응용하는 무예인(舞藝人)으로서 전통춤의 현대적 해석과 동시대적 춤의 전통미 구사로 담대한 진전을 보인다. 국립국악원 풍류사랑방 '수요춤전'에서 만난 오월의 전통무용 선정작 「생수」(生水)는 한국전통춤 연기자의 정형인 국립무용단 주역무용수 장현수의 절정의 춤 기량, 감각적 연출, 땀을 볼 수 있는 거리에서 공감하며 품격으로 관객을 존중하는 공연이었다.

때나 곳에 관계없이, 혼자 춤을 추거나 어울려 춤을 추어도, 어느 빛과 어울리거나 장단에 맞추어도, 차림이 화려하거나 수수해도 장현수의 존재감은 극(極)을 발한다. 느긋하게 춤을 대하는 자세와 극성이 가미된 대목을 만나면 그녀의 연기력은 도드라지고 경탄을 자아낸다. 강산이 변하고 또 넘어가는 봄에도 나이를 잊은 장현수의 춤은 현대의 도회적 윤기를 더하여 도도하게 흐르고 있었고, 생수처럼 시원한 맛과 시각적 청량감을 선사하였다.

「생수」는 대지의 춤(태평무), 동진의 춤(승무), 기원의 춤(검무), 방어의 춤(도살풀이), 즐김의 춤(한량무), 환영의 춤(장고춤)으로 구성되어 있다. 「생수」에서 장현수는 검무에 송원선이 독무로 나서고, 한량무에 소리꾼과 송원선이 장현수와 삼인무를 이룬 것 말고는 혼자 춤을 춘다. 전통의 도식적 공식을 우회하여 약간 다른 각도에서 보여준다면, 칸딘스키적 발상이 아니더라도 춤의 미묘한 변화가 감동의 전이가 어떻게 발생하는지를 확인시켜준 작품이었다.

대지의 춤(태평무) : 달관에서 분출되는 자유로운 춤 연기력을 보여주는 작품이었다. 춤이 아니어도 병풍, 의상, 표정을 비롯한 자세가 미술품이다. 기존의 십장생도 대신 은은한 단색 금빛의 병풍, 마음의 심중을 보이며 서 있는 소나무 한 그루, 의상에 새겨진 붉은 소나무가 일편단심의 심지 굳은 왕비의 위엄과 신비를 보인다. 정주의 울림을 시작으로 가야금에서 사물로 넘어가며 해금이 감정변화를 조율해낸다. 궁녀는 보이지 않고, 에너지 충만한 춤은 더욱 자유롭게 보였고, 메마른 현대인들의 가슴에 단비처럼 내리는 춤은 장현수가 기원하는 축복이었다.

동진의 춤(승무) : 담론 도입을 위한 엄숙한 진청(眞靑)의 제의는 하늘을 내리고 존중을 표하면서 시작된다. 소나무를 대북의 대안물로 전개한 춤은 구음의 가세로 상승효과를 이룬다. '먼 하늘 한 개 별빛에 모두 오고' 안정된 춤 구사 속에 뿌려지는 천의 유희는 춤 철학의 본질로 향한다. 오방의 이치를 곁에 두고 벌이는 춤 수사는 타고(打鼓) 속에 강조되는 초월적 의지를 부각시킨다. '승무'와 자신의 춤 인생을 일관된 톤으로 보여주면서 관객을 집중으로 몰아넣고 분위기를 고조시키는 힘은 한국춤의 전통과 깊이를 미학적으로 승화시키는 행위였다.

기원의 춤(검무) : 송원선의 검무에서 사용되는 검은 기방이나 무속 의식에서 사용되는 꺾이는 칼이 아니라 목검이다. 전립은 없고, 전복과 전대 등 무복과 무구도 연출의 의도로 생략되어 있다. 현대적 의상이 춤의 행동반경을 넓힌다. 새로운 느낌의 검무를 안무해낸 안무가의 세심한 정교함이 들어가 있다. '대지와 하늘에 전달하고자 하는 마음의 춤'이라고 안무가가 특정한 남성 춤꾼의 검무는 짙은 갈색이 주는 의미와 더불어 검무의 외향성을 고양한다. 장현수 춤의 확장은 자신을 통해서 뿐만 아니라 자신의 뜻을 읽어내는 타자를 통해서도 발견된다.

방어의 춤(도살풀이) : 검무의 들뜸을 가라앉히고 나쁜 기운을 털어내는 즉흥춤 도살풀이춤에 이르면 긴 수건을 운명의 무게처럼 들고 한국의 전통 단스블랑(Danseblanc)이 무서운 전형으로 다

가선다. 탑 조명이 내린 공간 속에 이 세상의 모든 고민을 짊어진 듯한 장현수의 연기 속으로 다시 빠져들게 되고 도살풀이춤의 미학적 아름다움을 접하게 된다. 산에서 올리는 도살풀이춤의 재현은 긴 수건의 의미에 대한 의문, 스토리가 달린 구음, 지속적 천 던지기와 손발의 균형감을 견지한 백색유희의 유형과 양식, 표정연기와 호흡 등에서 차별화를 보인다.

즐김의 춤(한량무) : 자연을 벗 삼은 자신을 나타내고자 하는 마음을 보이는 춤이다. 장현수는 기존의 '한량무'들이 자신들이 기량과 분위기만 던지고만 아쉬움을 재해석하여 어울림의 '한량무'를 제시한다. 로맨스와 해학이 용해되고 멋과 맛, 자연스러운 흥이 살아있는 '한량무'가 연출된다. 뒷모습을 보이며 등장한 사내(송원선)는 놀이가 따르는 극을 유도한다. 익숙한 광경에 관객들의 미소가 피고, 김율희가 소리를 하며 등장하고, '사랑가'에 와 닿는다. 춤·극·소리가 있는 '놀이' 형식의 '한량무'는 높아지는 관객들의 웃음과 함께 '춘향전'에 헌무(獻舞)한다.

환영의 춤(장고춤) : 마지막을 장식한 장고춤은 소통을 강조한다. 치마·저고리·장고의 노랑, 빨강, 파랑의 삼원색이 두드러지게 눈에 띄며, 푸른 소나무가 자리 잡은 무대는 늘 푸른 희망으로 대지를 일구는 사람들을 떠올린다. 국악그룹 '바라지'의 열정적 장단과 완벽한 호흡을 맞춘 장현수의 역동적이며 기교적 장고춤이 피곤한 일상의 서민들을 위로한다. 신명의 소리가 다시 들리고,

팔에 안긴 빨간 장고가 연기를 한다. 장현수는 장고춤의 의미를 상기시키며 무대로 진입한 설장고의 장현수식 접근법이 차별화된다.

수요춤전의 두드러진 장현수 안무의 「생수」는 춤의 수맥을 관통하면서 기존의 춤을 미학적으로 승화시킨 예술작품이었다. 울림과 떨림을 깔고 '사위와 디딤에서 나오는 내공의 깊이'와 그 여유에서 나오는 안정된 자세와 호흡 조절, 냉정한 예술성 추구와 품격 있고 변화무쌍한 춤 수사는 신뢰감을 보태었다. 차별화된 무대 세트, 적송이 강조된 의상과 모든 장르의 엔딩이 인상 깊었으며, 해금으로 장을 열고 장고로 마감하는 음악 컨트롤, 장면 전환과 구성의 탁월함, 기존의 것을 재해석해내는 놀라운 상상력과 상징성을 보여주었다.

사회자가 없어서 해석의 즐거움을 선사한 「생수」는 '소리' 같은 타 장르와 동시에 발전할 수 있다는 자신감을 보여주었다. 소리와 춤의 조화, 흥미 유발 인자를 보여준 해학, 호쾌한 액션, 갈래에 따른 춤의 기교적 차이, 소리 그룹과의 어울림 등은 장현수의 도전적 담대함을 보여주었고, 일탈한 우리춤의 방향감각을 잡아주는 데 커다란 역할을 하였다. 이 시대에 군더더기 없이 꼭 필요한 춤의 정수를 보여주는 장현수의 춤을 볼 수 있다는 것은 행운이다.

10.

「상상력」 2018
그리스 신화를 한국창작무용으로
직조한 수작(秀作)

장석용 (시인, 예술평론가)

진달래가 피면 남산이 핀다. 햇살을 받은 분홍 물결이 축복처럼 만물을 어루만지며 스쳐 지나가면 봄은 깊어 간다. 봄의 한가운데를 조준한 사월의 열하루와 열이튿날의 늦은 일곱 시 반, 국립극장 KB 청소년 하늘극장은 장현수 안무의 「상상력」으로 분위기가 한껏 고조되었다. 희비극이 정갈하게 배합된 「상상력」에 따스한 시선이 쏟아졌다.

남산에 그리스 신전이 설치되고, 그 신들의 오묘한 대화가 춤에 실려 퍼지는 순간이었다. 상상은 상상의 알을 낳고, 프레임을 확장한 무대를 온통 분홍색 천으로 휘감고 있었다. 내레이션(김대업, 배우)을 깔고 「상상력」은 미노아 문명을 잉태시킨 크레타섬은 웅장한 스케일의 서사적 공간으로 환치되고, 신화를 품은 그리스는 비밀의 실타래를 하나씩 풀어나가고 있었다.

「상상력」은 상상력 이상의 것을 보여주었다. 독해하기 힘든 방대한 그리스 신화의 축약의 묘미가 두드러진다. 춤, 음악, 시적 표현으로 촘촘히 들어선 짜임새의 희랍극의 품위와 임현택(들숨무용단 대표)의 손질로 간결하게 처리된 대본 속 그리스 신들의 존재적 상징성과 이미지화는 스펙터클한 핑크 퍼레이드의 무대를 열린 공간의 상상력으로 이끌기에 충분했다.

「상상력」은 1부: 1장-신들의 고민, 2장-신들의 고통, 3장-신들의 실패, 4장-신들의 상상력 2부:1장-신들의 희망, 2장-신들의 억지스러움, 3장-신들의 유혹, 4장-신들의 모습, 5장-신들의 사랑, 6장-신들의 파멸, 7장-신들의 실타래로 2부 11장으로 편제되어 있었다. 함의적 장(場)에서 분주한 춤적 움직임에 가미된 극성은 무용, 연극, 음악을 동시에 즐기는 잔치가 되었다.

구조의 다양성을 활용한 1부 '크레타섬의 우인(牛人)'은 미노타우로스 신화를 근간(根幹)으로 한다. 왕자의 신분에도 불구하고 반수반인(半獸半人)으로 태어났기 때문에 미궁 속에 갇혀야 했던 우인(牛人)의 절규와 자식을 미궁 속으로 밀어 넣어야 하는 왕과 왕비의 비통함, 우인의 죽음을 요구하는 수호신들의 움직임이 창의적 안무와 음악이 어우러져 담대한 신화가 구축된다.

1부의 서사적 구조에 채색적 비주얼을 보여준 2부 '헤라와 제우스의 실타래'에서는 제우스의 외도와 이를 보는 헤라의 모습이 묘사된다. 현재적 삶을 살아가는 현대인들에 대한 우화(寓話)와 위안이 그리스 신화와 접점을 찾는다. 결혼과 가정의 여신이지만 질투의 화신이기도 한 헤라(장현수)가 끊임없이 고통받고 욕망에 이끌리는 모습이 환상적이고 매혹적으로 표현된다.

장현수의 예술적 안무의 힘과 내공이 도처에서 발견된다. 그녀의 상상력은 다양한 신들의 특징을 세묘(細描)하며 신들의 비밀스러운 이야기 속으로 흡인될 수 있는 동작언어 중심의 표현에 중점을 두고 있다. 그녀는 춤 연기자로서도 가정과 결혼의 신 헤라의 안쓰러운 심정을 심리연기와 춤 연기로 두드러지게 극적으로 잘 표현해내고 있다.

장현수의 움직임의 확장은 전통춤의 장기적(長技的) 특징을 현대화시켜 사위와 디딤의 조화, 호흡과 진퇴 등의 섬세함, 완급 조절의 배분, 리듬감 타기 같은 춤 연기자들의 무대 활용과 공간 장악력은 압도적 우위의 춤 연기력과 미학적 상승을 보인다. 「상상력」에서 내세우지 않아도 두드러지는 장현수의 춤은 다년간의 춤 수양에서 배양된 숙성의 성과물이다.

「상상력」에서 직조된 미장센은 동·서양 음악의 조화로운 연결과 음악을 통한 교양 함양의 장을 마련한다. 분할된 미장센 자체의 구도만으로도 「상상력」은 상부구조와 연결된다. 클래식 음악을 주조로 정가(임상숙)를 입힌 「상상력」은 분홍을 주조로 한 상상

계가 리스트의 '발렌슈타트의 호수에서'를 시작으로 에르상의 '변신이야기'로 마침할 때까지 몽환성을 유지한다.

그 사이에 스토리텔링이 있는 바일의 '서푼짜리 오페라'와 브릴리언트필하모닉이 연주한 바흐의 'G선상의 아리아'가 춤꾼들의 감정을 최대한 끌어 올려 관객들과 공감대를 형성한다. 「상상력」은 익숙하지만 낯선, 평범하지만 특별한 매력을 소지하고 있다. 부문별로 광휘(光輝)가 된 무한 상상력은 가을의 미토스를 딛고 뜨거운 여름을 지향한다.

「상상력」은 한국창작무용의 새로운 돌파구의 한 축으로 기능한다. 전통 무용가들처럼 많은 창작 안무가들이 한 가지 주제를 집중적으로 연구하며 화두로 삼고 자신의 안무적 성향을 나타내곤 했다. 한국창작 무용의 태두는 '김매자'이다. 그녀는 전통을 현대적 감각으로 풀어내었다. 오방색 중심의 색감을 화려한 파스텔화로 바꾸어 버렸다. 장현수도 그 가능성을 보여준다.

창의력은 새로운 문화유형을 만들어 낸다. 현대무용가 육완순은 「지저스 크라이스트 수퍼스타」, 이숙재는 「한글」 시리즈, 현대무용가 박명숙은 「유랑」, 한국무용가 임학선은 「공자」, 한국무용가 김운미는 「묵간」으로 자신의 춤 빛깔을 보여주었다. 부문별 작은 불협(不協)에도 불구하고 장현수의 「상상력」은 외국 소재를 우리화시킨 창작무용의 놀라운 변신을 보여준다.

긴 줄, 소의 가면으로 상징되는 슬픔을 넘어 공처가로 전락한 제우스와 아홉 무사이(Mousai, 음악의 여신 뮤즈)들이 상상력을 배가시킨 「상상력」은 총체적으로 초중고 학생들을 비롯한 모든 연령층의 일반인들도 즐길 수 있는 우수 작품임이 판명되었다. 신작을 보는 즐거움은 신작을 창조하는 예술가들의 고통을 수반한다. 너무 짧은 공연 횟수가 아쉬움을 남긴다.

식자(識者)를 위한 만찬이거나 빈자(貧者)를 위한 양식이 된 춤극 「상상력」, 무술년 들어 '들숨무용단'과 장현수의 첫 번째 안무작은 조명이 구사하는 현란한 색의 유희처럼 기대를 뛰어넘는 예술적 상업적 기준에 부합되는 완성작이었다. 안무자와 연기자를 믿고 보는 대상 중의 하나인 장현수, 그녀의 빛나는 창의력이 발휘된 버전을 달리하는 차기작들이 기대된다.

「둥글게둥글게」2017
한국창작무용의 장르 혼성

김관식 (시인, 문학평론가)

　한국무용은 크게 궁중무용, 민속무용, 가면무용, 의식무용, 창작무용 등으로 분류된다고 한다. 안무가 장현수의 창작무용 「둥글게둥글게」는 한국무용과 서양무용, 뮤지컬, 동서양의 음악을 혼성한 포스트모더니즘 계열의 창작무용이라고 할 수 있다.

　우리나라의 음식문화의 대표격인 김치 문화가 외국에서 들어온 채소와 고추를 우리나라의 젓갈 문화로 결합하여 한국을 대표하는 음식문화로 만들어 냈듯이, 서양의 무용과 한국의 무용을 혼성하여 한국인의 전통적인 애환을 표출하고 지구촌 사람들 누구나 공감할 수 있는 무용의 세계화를 추구한 의욕적인 창작무용이라고 할 수 있다.

　「둥글게둥글게」의 제1부는 한국무용이 주축으로 한국인의 삶을 통해 전통적인 한의 정서를 표현하였다. 그 주제는 우리가 이 땅에 태어나서 존재하는 것부터 천지신명의 축복이며, 한국인의 문화 전통을 이어가고 부모님께 효도하며 인간으로서 도리를 다하며 살아가야 하는 당위성을 전통적인 한의 정서로 표현했다.

장고춤과 승무, 태평무, 도살풀이춤 등으로 한민족의 삶을 총체적으로 보여주었다. 고려시대 국교로 지정되었을 정도로 한국인은 불교적인 문화 전통이 오늘날까지 전 생활영역에 깊이 자리 잡고 있음은 장고춤과 승무 등에서 알 수 있으며, 반면에 민중의 민간신앙을 바탕으로 한 도살풀이춤 특히 공연장소가 공주인만큼 경기도 이남 지망에서 죽은 자를 위한 무가(巫歌) 형식의 도살풀이, 궁중무용을 대표하는 태평무 등 한국인의 총체적인 삶을 반영했다.

음악은 죽은 자의 영혼 위안을 위한 애잔한 음악으로 한의 정서와 허무의 정서를 몸동작으로 표현했다고 할 수 있다. 전반부에 14인의 무용수가 무대 가운데 달을 상징하는 큰 장고를 중앙에 배치하고 한 사람의 리더와 앞줄에 6명, 뒷줄에 7명의 장고와 북채의 손동작, 몸동작으로 한의 정서를 정중동으로 형상화했다. 이어서 두 부분으로 나누어 각각 한 명의 리더무용수와 6명의 장고무용수를 배치하여 장고음과 손과 몸동작으로 음양(陰陽)의 세계를 형상화하였다.

그러나 무용수가 가로의 직선 배열로 한의 정서를 담았다. 직선의 배열은 경직된 느낌을 주고 한의 정서를 담기에는 어딘가 부자연스럽다. 우리 삶의 다양한 모습이나 정서는 곡선의 배열이나 동작이 더 적합하다고 본다. 따라서 직선의 배열이나 손동작으로 한의 정서를 표현하는데 집중하는 것보다는 곡선의 배열이나 움직임으로 표현하는 것이 꼬여진 운명과 한의 정서를 표현하는데 더 적합하지 않겠는가 하는 생각을 해보았다.

무용은 가장 종합적인 예술이다. 제정일치 시대에 모든 제천행시에 종합예술로서 무용으로 인간의 소망을 기원하였던 전통은 온몸으로 신에게 감사를 드려야 함을 신체 운동을 바탕으로 이루어지는 무용예술로 인간과 자연의 일체화를 이루려고 했으며, 승무 또한 부처의 깨달음도 몸짓으로 인간의 내면적 사상을 온 힘을 다하여 표현해 왔다. 이는 간절한 소망은 온몸을 다해서 보여준다는 무용의 원초적이고, 본능적 기능이 있기 때문일 것이다.

그래서 예로부터 무용은 단순한 신체를 통한 예술이라기보다는 신체와 영혼이 결합되어 이루어지는 종합예술로 모든 예술을 망라해왔다. 운동을 통해서 형이상학적인 미를 형상화하여 보여주는 창작무용은 예술 중에서 가장 인간의 삶을 총체적으로 반영하는 예술이라고 할 수 있을 것이다. 죽음을 상징하는 장삼의 춤사위는 승무나 무가의 전통을 살렸다고 할 수 있을 것이다.

제2부에서는 인간의 한과 희로애락의 생활 모습을 발레와 탈춤을 결합하여 동서양 춤의 혼성과 베토벤의 교향곡 등 클래식 음악을 곁들여 내면의 응어리를 풀어내고자 했다. 「둥글게둥글게」는 내면세계의 평정을 찾아가는 화해의 세계를 형상화했다고 할 수 있다. 탈춤이 당대 사회의 상하계층을 초월하여 풍자와 해학으로 상하층민의 허용된 범위 안에서 서로 소통하는 계기를 마련했다.

　우리의 내면에 자리 잡은 한국인의 정서와 외국정서가 충돌하여 새로운 문화를 형성해나가는 오늘날 인간의 정신적인 내면세계를 종합적으로 동서양의 무용 양식의 경계를 무너뜨리고 총체적으로 한국인의 한의 정서를 파격적으로 표현하려고 시도한 작품이 바로 「둥글게둥글게」라고 할 수 있다. 이 작품은 오늘날 현대예술이 지향하는 기존질서에 대한 저항의식으로 탈장르로 '장르 간의 경계 무너뜨리기'를 시도한 포스트모더니즘, 또는 초현실주의적인 기법의 창작무용이면서도 과거와 현재, 미래가 모두 만나는 동서양 무용을 총체적으로 모두 혼성하여 창작한 종합창작무용이었다.

　특히, 공주라는 백제의 고도에서 공연한 「둥글게둥글게」는 잃어버린 왕국의 한의 정서를 끌어내어 오늘날 동서양의 복잡한 문화가 공존하는 현시대의 한국적인 생활 모습을 총체적으로 반영한 창작무용이라는 점에서 장현수 안무가는 창작무용의 독보적인 세계를 열어가는 한국무용의 선두주자임을 유감없이 보여주었다고 할 수 있을 짓이디.

다만, 무용의 감상 능력이 없는 초보자나 대중들에게 장현수 안무가가 형상화하여 보여주려는 한의 정서를 주축으로 한 한국인의 내면 의식이라는 주제 의식을 공감하는 데에는 다소 난해하다는 점, 모든 무용의 영역을 모두 망라해서 혼성하여 다 담으려는 과욕이 주제를 산만하게 했으며, 감상자들에게 현대창작무용은 모든 동서양의 무용을 망라해서 표현해야 한다는 그릇된 편견을 심어줄 개연성이 있다는 점을 경계해야 할 것이다.

독창적인 창작성은 인정되나 대중적인 감상자의 공감을 얻기에는 다소 무리가 있지 않나 하는 생각이다. 대중적인 공감과 지지를 얻으려면 풍자와 해학적인 안무 구성으로 호기심을 자극하는 방법을 채택해보는 것도 고려해볼 대안일 것이다.

「여행」2017
춤추는 아델라이데

권 경 하 (북쇼컴퍼니 대표, 춤誌 2017년 10월호)

이런, 베토벤의 가곡 '아델라이데'에 한복 입고 춤추는 모습을 그려본 일이 있을까. 이 노래를 수십 번 들었지만 한복은커녕 이 노래에 춤춘다는 상상을 해본 적이 없다. 그런데 이날 포스트 극장에서 이런 일이 일어났다. 이날 무대는 젊은 댄서들이 뛰어다녔고 정작 장현수는 앞자리에 앉아 있다가 깍두기처럼 슬쩍슬쩍 존재를 보일 뿐이었다. 그래서 피아노 반주가 달리기 시작했을 때 당연히 테너의 노래이고 초록색 원피스를 예쁘게 입은 여성 무용수들의 합작품이겠거니 했다.

이전 장면에서 본 여성무용수들의 기량은 돋보였고 이들의 삼 인무는 볼만해서 좋은 장면이 나오리라 기대하고 있었는데, 저 런! 앞자리의 장현수가 초록색 한복 치마저고리 질끈 동여매고 흰 보따리 들고 무대로 걸어 나가는 것이 아닌가. 게다가 노래가 나오는데 이건 바리톤! 베토벤과 바리톤과 한복을 입은 무용수의 생각지 못한 조합! 이제 가수는 부드러운 저음으로 노래하기 시작했고 장 현수도 우아한 곡선을 그리며 춤추기 시작했다. 아름다운 노래에 아름다운 춤, 정신없이 빠져들었다.

장현수는 앞으로 뒤로 종종걸음쳤고 손끝은 바르르 떨렸다. 베토벤이 사랑한 아델라이데가 나타난 듯 고혹적이다. 저러니 사랑에 빠질 수밖에, 그러나 노래가 종반으로 치닫기 시작하자 걱정이 들기 시작했다. 이 노래는 베토벤, 슈베르트, 슈만, 슈트라우스, 볼프로 이어지는 독일 가곡사에서 초기작품, 전체 구성은 단조롭고 반복적이라 곡 후반부에서는 살짝 지겨움이 생길 수도 있어서, 이 부분을 어떻게 처리할 수 있을지 걱정이 된 것이었다. 그러나 그건 기우, 장현수는 바로 그 지점에서 몸을 돌려 관객을 등졌다. 뒤로 돌아서 살짝 앉아서는 제자리에서 양팔의 곡선과 어깨, 손끝만으로 춤을 추었다.

이 노래의 하이라이트이자 부담스러운 끝 부분을 곡조에 말려 뛰어 다니지 않고 뒤돌아 앉아 뒤태만으로 표현해낸 것이다. 춤이 노래를 이겼다! 이 전략은 훌륭해서 만약 바리톤의 격정이 끝까지 갈 때 같이 치달렸으면 실망할 뻔한 것이다. 이것은 본인 안무 실력과 경륜, 그리고 그것을 실현할 수 있는 몸, 세 박자가 맞아 떨어진 결과이다. 노래가 끝날 때 장현수는 뒤돌아선 자세로 서서는 오른편으로 몸을 돌려 관객들에게 45도 옆모습을 보여주었다. 난 침을 꼴딱 삼키며 감탄했다.

　음악 선곡은 대단했다. 베토벤, 멘델스존, 바그너, 비제까지 포함된 명단은 경탄을 자아냈다. 웬만한 안무가는 고개를 저을 리스트이며 그래서 좀처럼 춤 무대에서 만날 수 없는 음악이 가득하다. 본질적 의미의 아마추어 열정을 보여주는 선곡, 음악연출자에게 '여행'은 음악으로 떠나는 유럽 여행이었을까. 전체 연출도 재미있었다. 한 여인이 초록색 문으로 들어가며 여행이 시작되고, 나오며 끝나는 설정은 액자소설 같은 것이어서 관객 모두

여행에 동참했다 나오는 느낌을 갖게 했다.

댄서들은 낚시를 하기도 하고 벽에 붙어 있기도 하고 항공사 승무원이 되기도 했는데 연기가 수준급. 다들 초록색 의상으로 통일, 양말까지 초록색, 특히 세 명의 여성 무용수 - 투피스, 긴 원피스, 짧은 원피스 - 의 연기와 춤은 훌륭했고, 특히 투피스(성함을 모른다)의 움직임은 눈길을 사로잡는 무엇이 있었다. 아쉬운 점도 있다. 모든 공연물이 잘빠진 사진 한 장과 포스터에 공들이는 시대에 이번 포스터는 공연의 다채로움과 재미를 표현해내지 못했고 공연 제목도 좀 밋밋하다. 공연장 사정이지만 공기가 안 좋고 음향이 부실해서 나는 끝내 바리톤 가수가 누구인지 알아내지 못했다. 서너 명 목소리가 다 들리는 거다.

최근 국립무용단에서 올린 작품들보다 이 「여행」이 훨씬 재미있고 즐겁고 아름다웠다. 특히 장현수의 독무는 압권! 박수를 보낸다.

13.

「여행」2017
고요한 버선 속의 장엄한 태풍

서승석 (시인, 문학평론가)

춤은 역학이다. 뉴턴역학의 원리를 잘 이해하고 몸의 언어로 시를 쓴 작품이 바로 장현수의 「여행」(2017)이다. 1996년부터 국립무용단 단원, 2008년부터 국립무용단 수석무용수, 현재 '들숨무용단' 비상임안무가로 활동하고 있는 장현수는 무용수와 안무가를 겸하며 야심작 「팜므파탈」(2014), 「우리 춤과의 만남」(2018), 「목멱산59」(2018) 등으로 한국고전무용과 현대무용을 다채롭게 아우르며 동서양 예술혼의 조화로 새로운 감동을 불러일으키는 창작무용을 선보이고 있다.

「여행」은 시간여행과 공간여행을 동시에 즐길 수 있는 기쁨을 선사한다. 이를 유도하는 슬로우 모션과 무대장치 '문'의 역학이 괄목할만하다. 슬로우 모션으로 시작되는 도입부는 정지된 지루한 일상생활로부터의 도피 심리를 잘 표현하고 있고, 끝부분에서의 슬로우 모션은 여행의 즐거움이 뇌리에 각인되는 효과를 유발한다. 상징적인 장치로 사용된 '초록색 문'은 무대 장식의 단조로움을 깨워주고, 적절히 무대를 옮겨 다니며 다양한 의미를 부각시키며 일상과 일탈, 이쪽과 저쪽, 더 나아가서 이승과 저승이라는 대립구조를 가르는 축의 역할을 담당하고 있다.

그 문을 건너지 못하면 영원히 새로운 세상을 접할 수 없게 된다. 또한, 벽 위에 비상구 표시로 사용된 각기 다른 방향을 향한 정지된 모습의 세 인물 그림, 즉석에서 두 무희가 춤을 추며 바닥에 테이프를 붙여 만들어 내는 배 모양의 무대 장식은 소극장의 제한된 공간을 효과적으로 활용하는 안무가의 기지를 엿보게 한다.

「여행」은 초록, 파랑, 갈색 톤이 주조를 이룬다. 무대배경인 벽의 벽돌색과 초록색 의상은 잘 조화를 이루며, 파랑 조명으로 여행객들의 먼 길을 희망차게 밝혀주고 있다. 색채학적인 관점에서 살펴보면 녹색은 가장 완벽한 균형과 자연을 상징하며 평온한 이미지를 주고 시각적인 휴식과 심리적인 안정감을 준다. 환상적이고 매력적인 파란색은 의미상으로 하늘, 바다, 휴식, 사랑, 여행, 바캉스, 무한함을 떠올리게 하고 추억, 욕망, 꿈을 연상시킨다.

5막(자아발견, 삶의 만족, 행복추구, 관계개선, 탐험정신)으로 구성된 「여행」

은 6명의 무희가 다채로운 음악에 맞추어 인간의 꿈과 욕망을 표현한다. 5명의 무희가 경쾌하고 역동적인 현대무용 군무로 활기찬 무대를 보여준 후, 개나리봇짐을 든 장현수가 한국고전무용의 독보적인 독무로 조용히 무대를 장악한다. 꽃다발을 들고 서로 사랑을 속삭이며 꿈에 부풀어 여행을 떠나는 젊은 무용수들은 무료한 삶의 권태를 벗어나려는 여행객들의 심리를 잘 묘사하고 있다.

한 가지 아쉬운 점은 현대무용수들의 기술적 역량을 과시할 수 있는 기회가 적었다는 것이다. 고전발레에서 흔히 피루엣 Pirouette(한 발을 축으로 도는 동작)으로 무용수의 역량을 마음껏 과시하고 박수갈채를 불러일으키듯, 각 무용수들의 특기를 최대한 살려 주목을 받을 수 있는 군무와 정점을 이루는 독무의 적절한 비중과 균형 잡힌 안배가 필요하다고 본다.

복장으로 4명의 양말 발차림, 한 명의 맨발, 한 명의 버선발의 대치가 재미있는데, 신세대인 젊은 무용수들의 자유분방함과 구세대인 버선발 차림의 장현수의 품격이 서로 부딪치고 어우러지며 현대와 고전의 융합을 도모하고 있다. 일찍이 이사로라 덩컨이 과감하게 맨발로 춤을 추어 무대 위에서 관능적이고 혁신적인 선풍을 불러일으켰듯이, 맨발의 여인은 자유를 구가한다.

그런데 숨을 죽이게 하는 고요한 버선발의 움직임 하나로 서구

문화를 제압할 수는 없을까? 제대로 한국문화의 위상을 세계에 드높이기 위해서는 아직도 갈 길이 멀다. 한국적 느림의 미학을 우리와 호흡이 다른 서양인들에게 전수시키고 사랑받게 하려면 그들의 리듬을 이해하는 것이 급선무이다. 동서양의 문화를 접목시키기 위해서는 철학적이고 인문학적인 연구가 선행되어야 한다.

또한, 창작무용에 걸맞는 창작 음악과의 협업도 필요하다. 발레 연출가 디아길레프에게 의뢰를 받아 발레조곡 「불새」(1910)를 작곡하여 파리에서 초연을 함으로써,「봄의 제전」,「오르페우스」 등 발레 음악을 작곡하여 러시아적 발레를 위한 선율로 세상을 감동시킨 이고르 스트라빈스키가 출현하였듯이, 한국적 춤을 위한 춤곡을 작곡할 뛰어난 우리 음악가가 절실하다.

"보들레르의 시와 더불어 프랑스 문학이 비로소 국경을 넘었다"라는 말이 있다. 과연 장현수의 춤과 안무가 한국의 춤이 국경을 넘는 도화선 역할을 할 수 있을까? 필자는 파리 체류시절, 「봄의 제전」·「볼레로」·「불새」·「우리들의 파우스트」 등으로 현대 무용의 신화를 쓴 모리스 베자르Maurice Béjart의 무대를 자주 접할 기회가 있었다. 무용가이며 안무가였던 그는 역동적이고 관능적인 작품을 끊임없이 보여주며, 심지어 전위 예술적 작품을 위하여 일본의 하라키리 장면을 삽입하는 등의 파격적인 시도로 관객의 마음을 사로잡았다.

변덕스러운 관중은 늘 새로움을 갈망한다. 그 변덕스러움의 틈새에 떠오르는 별 장현수가 씨를 뿌려, 동·서양적 아름다움을 융합하며, 한국적 고요함과 역동성을 조합하여 세계무대에서 한국무용의 진수를 보여주며 무섭게 거듭나기를 희망한다. 고요한 버선 속의 장엄한 태풍을 불러일으키며….

「청안」(靑眼) 2017
우리춤을 바라보는 여섯 개의 시선

장석용 (시인, 예술평론가)

> 살아가면서 정해질 성질이 아닌/ 매로 살아가는 비굴종의 삶/ 비켜 서 있었지만 바람은 불었고 비는 따라왔다/ 구름에 가려져 있을 때에도 여전한 존재감/ 힘든 수련 시대를 거쳐/ 하늘을 차오르는 전사적 삶/ 먹구름 필 때에도 인내로 받아내고 춤을 추었다/ 소나무 껍질로 입혀진 내공의 나이테/ 구름이 비켜나면 더욱 솟아오르는/ 보라매로 살아가는 대공(大空)의 삶

국립무용단 단원이자 훈련장인 장현수. 대극장을 휘젓던 그녀가 소극장 무대에서 관객들과 땀과 호흡을 같이했다. 2017년 8월 18일(금) 8시, 19(토)·20일(일) 4시 무용전용극장 M극장에서 공연된 「청안」은 장현수 스타일의 '한국춤에게 보내는 헌사'이다. 장현수는 춤 수련과정에서 체득한 경험적 방법론을 중심으로 '춤 구성'의 내공을 보여주는 의미론적 춤 담론을 형성한다.

여유적 주제 '선한 마음으로 세상 바라보기' 속에 담긴 여섯 춤은 한국 춤의 일상적 풍경에서 찾아낸 미학적 상부구조를 보여준다. 춤에 대한 흥미는 간(間) 음악(소리), 소제(小題)와 춤과의 연관성에서 시작한다. 세상의 모든 아픔을 안고 가겠다는 듯 장현수의 잿빛 의상은 집중을 유도한다. 일상적 욕심을 내려놓고 춤에 대한 의지와 각오를 밝힌 춤은 빛을 발한다.

'심안'(心眼), '정화'(淨化), '기'(氣), '진동'(震動), '영혼'(靈魂), '심무'(心舞)로 명명한 여섯 갈래의 춤은 각각 '승무', '부채춤', '살풀이춤', '장고춤', '무속춤', '사랑가'를 수용한다. 밋밋한 평상어 제목에 대한 친밀한 느낌은 우리춤에 대한 스키마가 형성되어 있었기 때문이다. 백색 플로어에 까만 벽에 걸린 저고리, 별, 나비들이 명멸하는 가운데 살아온 삶을 상징한다.

여백 없이 들어찬 음악은 '승무': 해야해야(토속민요), 긴아리(단소+퉁소 연주, 신용춘), 회심곡(전숙희)으로부터 '부채춤': 잠자리 꽁꽁(토속민요), 긴아리(해금연주, 김영재), 잠자리잡기(토속민요), 태평가(철가야금, 김영재), '살풀이춤': 별헤는 소리(토속민요), 지게소리(김용우), 정선아리랑(김옥심), '장고춤': 목도소리(토속민요), 어랑타령 등(이생강), '무속춤': 모심는 소리(아브레이수나, 토속민요), 넋풀이와 즉흥(박병천), '사랑가': 댕기노래(토속민요), 사랑의 인사(Violin & Piano, Isao Sasaki), Swanee(Piano, Gershwin)에 이른다.

승무(독무, 장현수): 암전 속에 들려오는 '해야 해야 어서 나오너라/ 참깨 들깨 볶아 줄게/ 복주께로 물 떠먹고/ 북을 치며 나와서 째앵 쨍…', 검정(밖)과 회색(안)의 의상, 녹색 고깔의 장현수의 고무(鼓舞)는 팍팍한 삶을 살아가는 현대인들을 위로하고 이 세상 나온 사람의 부모 은공에 대한 뉘우침을 담는다. '승무'는 장현수 춤의 의미 수준을 미학적 전개의 수위에 놓으면서 삶과 죽음, 고난과 행복에 대한 고차원적 인식이 간결하게 표현된 작품이다.

부채춤(3인무, 장현수 이소정 전정아) : 깊은 전통에서 *끄집어낸* 강은구 음악감독의 선곡이 돋보이는 대목이다. 토속민요 '잠자리 꽁꽁'과 '잠자리잡기'가 분위기를 이끌 면 춤은 맑은 추상의 장엄한 백색 판타지로 바뀐다. 간결미를 보여주는 빨간 치마, 하얀 저고리, 꽃과 나비가 앉은 부채가 철가야금을 타면서 역동성과 아름다움을 동시에 보여준다. 디딤과 사위, 미소가 어울린 춤은 세상의 밝은 쪽을 보라고 권하고, 독무로 변하면서 조명은 춤의 의미를 강조한다.

살풀이춤(독무, 장현수) : 윤동주의 '별헤는 밤'의 원전이라 할 수 있는 토속민요 '별헤는 소리'를 듣다 보면, 피아노 사운드가 스쳐 가고 자신을 다 감고도 남을 보랏빛 긴 천이 장현수의 사연을 담는다. 흔들릴 때마다 자신을 다잡아 주던 춤이다. '에– 에에에 이 일로 어허/ 청천 하늘엔 잔별도 많고/ 우리네 가슴엔 수심도 많다'라는 '지게소리'가 추억으로 와 닿는다. 장현수의 춤 접근 방식은 사랑이 스쳐간 자리에 시리게 남는 상흔을 보듬는다.

장고춤(3인무, 장현수 이소정 전정아) : 힘들 때 서로를 격려하는 '목도소리'에 맞추어 춤이 진행되고 최영민이 피아노를 연주한다. 동서양이 만나고 서로가 서로의 마음을 일깨운다. '어랑 어랑 어허야 어허야 더허야 내 사랑아 신고산이 우르르… 하는' 어랑타령 등(이생강)이 분위기를 돋우며 서로의 마음을 울린다. 소고를 든 두 여인 등장하고 이윽고 장현수가 장고를 들고 등장한다. 그랑블랑(Grandblanc)을 이룬 유쾌한 무대는 다시 솔로로 남는다.

무속춤(독무, 장현수) : 경상도 모내기 민요 '모심는 소리'(아브레이수나)는 '서두르지도 게으르지도 않게 서로서로 줄을 잘 맞춰 어울리게 일을 해 나가보자'라는 뜻을 담는다. 넋풀이를 위한 종이인형이 내걸리고 모든 사물에 달라붙어 있는 영혼을 위로한다. '지전춤'이다. 피아노는 생동감을 촉발하고, 주조색은 회색이다. 구음이 위무하는 영혼, 즉흥 춤이 연출된다. 차별과 계급 없는 세상에서 서로가 하나 되기를 기원하는 힐링 춤이다.

사랑가(2인무, 장현수 조성민) : 처녀의 댕기를 두고 벌이는 사랑의 노래 '댕기노래'가 흘러나오면서 2인무는 무대를 서정적 공간으로 만든다. 이사오 사사키의 바이올린과 피아노 선율에 담긴 '사랑의 인사'와 조지 거쉬원의 피아노곡 스와니(Swanee)가 만들어내는 분위기는 서로를 사랑하고 이해하자는 고운 마음이 담겨 있다. 이전의 다섯 춤의 마음을 하나에 담은 '사랑가'는 이타적 보살행의 안무가 장현수의 현재적 심상(心象)을 표현한다.

　장현수, 러닝 타임 한 시간을 십 분처럼 요리할 줄 아는 안무가이다. 그녀는 「청안」을 통해 대중적 전통춤을 클래식화 시키는 데 성공하였다. 지난 4월의 「목멱산59」에 이은 「청안」은 불혹을 넘긴 그녀가 세상을 보는 시선을 살피게 한다. 국립무용단 생활 스무 해를 넘긴 장현수 춤이 잘 익어가는 모습을 보는 것은 즐겁다. 우리 춤의 의미를 재해석하여 구성한 춤들은 창의적이었으며, 간결하면서도 춤의 핵심을 찌르는 장현수식 춤 수사는 신선하였다.

15.

「청안」(靑眼) 2017
타인에 대한 따스한 응시

이근수 (무용평론가, 경희대 명예교수)

불교에 무재칠시(無財七施)란 용어가 있다. 돈 없이 남을 도울 수 있는 일곱 가지 보시방법을 말한다. 그중 하나가 안시(眼施)다. 따뜻함을 품은 눈으로 다른 사람을 바라보아주는 것이다.

장현수는 이를 청안(靑眼)이라 명명했다. 1998년 국립무용단에 입단한 후 20년 춤꾼으로 성장하면서 이제 훈련장으로 있는 장현수는 "현대인들의 살아가는 모습 속에 비춰진 삶의 고단함을 한국무용을 통해 담담히 표현하고자 했다."라고 말한다.

「청안」(8.18~20, 무용전용 M극장)은 승무로부터 시작하여 부채춤, 소고춤, 살풀이, 무당춤 등 전통춤사위를 현대적으로 해석한 여섯 개 장면으로 구성된다.

무대를 둘러싼 두 면의 벽에 나비가 날고 있다. 한쪽 구석에 커다란 북 하나가 놓여 있다. 검정 장삼에 몸을 감추고 머리에 초록색 고깔을 깊게 눌러쓴 장현수의 승무로 공연이 시작된다. 여섯 개 단락 중 첫 번째 춤인 심안(心眼)이다. 고깔 너머로 살짝 눈을 들어 세상을 바라보는 그녀의 시선은 엄숙하다.

이 엄숙함이 흐려지면 마음의 정화(淨化)가 필요해진다. 두 손에 부채를 든 이소정, 전정아와 함께 추는 3색 나비춤이 뒤를 잇는다. 부채가 나비처럼 팔락일 때 벽면에 그려진 나비도 살아나서 날렵하게 춤추는 듯한 조일경의 무대미술이 인상적이다. 세 번째 장면에선 소고와 장구가 등장한다. 흔들림 속에 갈피를 잡지 못하고 약해지는 마음의 기를 추슬러 주는데 마당놀이를 닮은 장현수의 능청스러운 연기도 한몫을 한다.

그는 무대 곁에서 생음악을 연주하는 야마하 그랜드 피아노 앞으로 다가가 자연스럽게 대화를 나누더니 그 앞에 털썩 주저앉아 장구를 두드리기 시작한다. 국립무용단 입단 10년을 맞아 아르코 대극장에서 첫 안무작인「검은꽃, 사이코패스증후군」을 공연했을 때 썼던 작품 평이 떠오른다.

"무대엔 춤꾼들이 가득했지만 정작 춤은 없었고 분주하게 전개되는 상황만이 나를 눈감게 했다. 국립무용단의 주역무용수로서 안무가보다 춤꾼으로 잘 알려진 무용가가 처음으로 대작을 기획

한다는 부담 속에서 어쩔 수 없이 빠져들 수밖에 없는 함정이었을까. 과욕을 버리고 먼저 마음을 비울 일이다."

  그때(2008년)의 장현수가 아니다. 무녀로 단장한 그녀의 춤이 잠들었던 영혼을 불러 깨우며 닫혀있던 마음을 열어간다. 산 자와 죽은 자와의 소통을 가능케 하는 춤이 무당춤이다.

  피날레로 보여준 심무(心舞)에서 장현수가 또 한 번 변신을 꾀한다. 심무는 두 사람이 바라보면서 서로의 아름다움을 찾아주는 마음의 춤이다. 무릎까지 올라간 다홍색 치마에 초록색 소매 단이 붙은 노랑 저고리를 받쳐 입은 장현수는 첫사랑에 빠진 처녀의 청순한 매력을 풍긴다. 현대무용가인 조성민의 경쾌한 스태프와 함께 하면서 이도령과 춘향의 첫 만남을 연상시키는 로맨틱하면서도 코믹한 밀당 장면을 연출한다.

  무대 한 편에 소도구들을 비치해놓고 장면과 장면이 단절되지 않으면서 자연스럽게 이어지게 한 것이나 해설자(장승헌)가 여러 번 등장하면서도 이질감 없이 무대 위에서 춤과 공존하는 연출은 세련됨이 돋보였다. 관객들이 무용수들의 호흡을 느낄 만큼 가까운 소극장은 마음을 열고 따뜻한 눈으로 춤을 통한 위로를 주고자 했던 「청안」의 기획 의도에 적합한 무대였다.

「청안」 2017
한국춤의 현대적 대화와 그 절제미

김호연 (무용평론가)

장현수는 국립무용단의 주역 무용수로 그리고 현재는 훈련장으로 춤과 안무에 정평이 있는 춤꾼 중 한 명이다. 「춤, 춘향」, 「soul, 해바라기」, 「신들의 만찬」 등에서 보인 절제미와 신기(神技)의 양면성은 그의 춤에서 가장 두드러지게 느껴지는 매력이고, 그동안 제어하지 않고 꾸준히 실험한 한국 전통의 재해석은 한국무용의 새로운 문법을 만드는 작업으로 기억할 수 있을 것이다.

올해도 장현수의 춤 「청안」(M극장, 2017.8.18.-20)이라는 이름으로 한국춤에 대한 새로운 해석을 보여주었는데, 전통에 치우치거나 현대적이지 않게 '지금, 이 순간' 한국문화의 전형적 전통성을 느낄 수 있는 무대라는 점에서 또 다른 가능성을 열어 보였다.

'청안'(靑眼), 사전적으로 남을 좋은 마음으로 바라보는 눈이다. 기획 의도에서 '현대인들이 살아가는 모습 속에 비춰진 삶의 고단함을 한국무용을 통해 담담히 표현하고자 한다'라고 말하고 있다. 현대인들에게 춤으로 힐링을 주고자 함이 의미하는 바일 텐데 여기서 이 무대의 명확한 초점은 '담담히'에 맞추어질 수 있다. 어떤 치유나 극적 구성을 통한 카타르시스가 아닌 고요하지만 맑은 기운을 느끼며 이 무대를 함께 공유하는 데에 목적이 있을 듯하다. 그래서 이 작품은 크게 심안(心眼), 정화(淨化), 기(氣), 진동(振動), 영혼(靈魂), 심무(心舞) 이렇게 여섯 주제로 나뉜다. 심안(心眼)에서 심무(心舞)까지 춤꾼의 길을 그대로 보여주는 것이지만 춤꾼의 삶을 통해 그를 바라보는 관객의 눈으로도 우리 삶을 돌아보게 하는 구조로 이루어져 있다.

음악적 구성은 각각 민요로 시작하는 허우가(虛頭歌)가 흐르고 현대적 감각의 음률로 이어진다. 구성진 할머니의 투박한 민요 가락에서 세련된 피아노 등 현대인에게 익숙한 서양식 음계의 흐름 속에서 과거와 현재의 접점을 찾으려 하고, 그 몸짓은 한국 전통 춤사위에 기저를 두어 현대적 담론을 창출한다. 특히 여기서는 6가지 키워드에 '승무', '부채춤', '도살풀이춤'. '소고춤', '사랑가' 등의 춤으로 풀어 관객의 기대 지평을 열고 있다.

'승무'에서는 북가락에 중심을 둔다. 그렇다고 북가락이 춤꾼의 기교를 보이는 것이 아닌, 고뇌와 번민의 해소가 아닌, 마음

을 여는 이음새의 들머리이다. 열린 마음속에서 '부채춤'은 화려
함보단 화사함으로 전하고, '도살풀이춤'에서는 긴 수건을 펼쳐
나쁜 기운을 풀기보다는 피아노 음 하나하나에 기운을 돋우려는
휘날림과 경쾌한 발장단으로 이 춤을 새롭게 해석하고, 소고와
피아노, 장구 장단의 조화에서 미세한 들썩거림을 만들어 맺음
과 풀림의 패러다임을 만들어 낸다.

이어 여기저기 '진도씻김굿'의 무구 '넋'이 오브제로 차용되
고 '지전춤'을 통해 영육 간의 안녕을 비는 '살아있는 이들을 위
한 레퀴엠'으로 대화를 이끌어낸다. 여기서는 미니멀리즘의 근
본인 단순함과 반복 그리고 상징성을 통해 '진도씻김굿'을 함축
적으로 담아내려 하고 있다. 그래서 깊은 슬픔의 해소를 위한 엑

스터시 보다는 절제된 중용의 동작과 표정을 전한다. 마지막 '사랑가' 변주는 전체 흐름에서 유일하게 표정 변화가 많다. 앞서의 맺음과 풀림의 작은 해소를 통해 이룬 것일 수도, 마음과 마음을 합하여 돌고 도는 윤회의 모습일 수도 있는 것이다. 이렇게 '청안'은 전통춤에 빌어 춤꾼의 마음을 전하고 이를 관객과 교감을 나누고 정화하고자 하는 의도에서 잔잔하게 평안을 준다.

장현수는 이 공연에서 과할 수 있는 몸짓과 연기를 절제하고 있다. 그의 끼대로라면 관객을 몰입하도록 지시선을 이끌어 갔을 것이나. 이는 의도에서 나온 담담함에서 비롯될 것이다. 그래서 그저 함께 좋은 맑은 기운을 공유하고자 하는 의도 그대로다.

이는 소극장이기에 오히려 가능한 일이었을 것이다. 이 M극장은 맨 앞자리가 무대를 밟고 보는 가장 근접한 특수성이 존재하기에 무용수의 몸짓 하나하나, 표정 하나하나가 너무 선명하게 들어오는 공간이다. 그래서 조금만 과하여도 지나침이 있을 텐데 장현수는 기운을 억누르고 의식의 흐름에 따른 춤사위로 관객과 합을 이루려 한다, 그런 의미에서 이번 무대는 장현수 춤에 있어서도 그 나이에 걸맞게 춤 정신을 찾아가는 하나의 도전이었을 것이고, 관객도 그의 춤에서 새로운 한국 춤의 의미를 찾는 시간이었을 것이다.

17.

「수정흥무」(守丁興舞) 2015
신기를 타고 노는 춤꾼 - 장현수

심 정 민 (무용평론가)

    국립무용단의 최장수 무용수이자 간판스타로 오랫동안 이름을 알려온 장현수가 개인전 「수정흥무」를 4월 17~18일 국립극장 달오름극장에서 펼쳤다. '수정흥'이 과연 무엇인가 궁금해 할 사람이 많을 텐데 한국무용가 국수호, 배정혜, 조흥동의 가운데 이름을 붙인 것이다. 그러니까 장현수가 추는 국수호, 배정혜, 조흥동의 춤이라는 뜻이다. 사실 셋은 우리나라를 대표하는 원로 한국무용가로서 국립무용단의 수장을 역임하였다는 공통점을 갖고 있긴 하지만 춤 스타일이 서로 다르고 대가(大家)로서의 자존심도 대단하여 한 무대에 작품을 올리는 경우가 거의 없다. 장현수란 춤꾼의 역량을 높이 사지 않았다면 허락할 리 없는 구성이다.

    장현수는 모두 네 개의 작품을 독무로 추어냈는데 한영숙류

'태평무'를 재해석한 〈향연〉, 조흥동류 '한량무'를 재해석한 〈여정〉, 배정혜류 '흥풀이춤'을 재해석한 〈찬가〉, 국수호류 '입춤'을 재해석한 〈미학〉이 그것이다. 4월 18일 공연에는, 네 개의 독무 사이사이에 오철주의 〈승무〉, 민은경·김준수의 〈감각〉(사랑가), 성슬기·채수현의 〈경기민요〉 등을 배치하여 관객에게 다채로운 쾌를 선사하였다. 그밖에 아홉 악사의 신명나는 국악연주, 화려하고 고운 색감과 디자인의 한복, 현대적인 감각을 돋우는 사각 구도의 무대미술까지 어우러져 '수정흥무'란 공연을 풍성하게 완성하였다.

한영숙류 태평무를 재해석한 〈향연〉에서 장현수는 왕비로서 격조, 우아함, 여성미 같은 특질들을 춤추는 몸에 담아냈다. 조흥동류 한량무를 재해석한 〈여정〉에서는 선비의 기상과 품위보다는 풍류와 장난기를 더 잘 그려냈다. 라이브로 연주된 국악 장단과 주거니 받거니 하면서 자유로이 노니는 모습에서 어떤 경지마저 느낄 수 있다. 배정혜류 흥풀이춤을 재해석한 〈찬가〉에서는 리드미컬하게 수건을 휘돌리고 감아치면서 절제된 신명을 표현한다. 국수호류 입춤을 재해석한 〈미학〉에서는 기생의 고혹 속에 감춰진 슬픔을 입체적으로 묘사한다. 발뒤꿈치를 들고 서서 잔걸음을 연속하는 기교는 많은 박수를 이끌어냈다.

장현수의 춤에서 무슨 무슨 류의 전형이 그리 중요해 보이지는 않는다. 원래 어떤 춤이든 간에 자기 몸으로 빨아들여 자기 춤으

로 만드는 능력이 탁월하기 때문이다. 어떤 춤이든 장현수가 추면 장현수의 춤이 된다는 의미다. 이는 그녀가 탁월한 기교와 입체적인 표현은 물론 무대 장악력과 관객 흡입력까지 모두 갖춘 범상치 않은 무용수이기에 가능한 성취다. 그녀가 그동안 몇 차례 보여준 안무 능력은 크게 주목할 만하지 않았지만, 이번과 같이 기존의 춤을 재해석하여 추는 능력만큼은 타의 추종을 불허할 정도다.

장현수 춤의 또 다른 매력은 한국무용임에도 불구하고 옛것으로 보이거나 지루하게 느껴지지 않는다는 점이다. 그 이유는 일련의 박자감에서 찾을 수 있다. 박자를 길게 잡아끌고 늘여서 춤을 췄던 기존 스타일에 비해 장현수는 리드미컬하게 음악을 타고 놀면서 추는 스타일이다. 거기에다가 잡고 놓아줄 때, 맺고 끊을 때를 적절한 타이밍에 활용하는데, 훈련에 의해 성취할 수 있는 것을 넘어 타고난 재주까지 엿볼 수 있다. 이로 인해 장현수의 한국춤 사위는 한층 감각적이고 흥미진진하고 현대적으로 느껴진다.

이쯤 되면 장현수는 일반적으로 춤 잘 추는 무용수를 넘어선 '신기(神技)를 타고 노는 춤꾼'으로 명명될만하다.

18.

「수정흥무」(守丁興舞) 2015
장현수 재해석의 '흥풀이춤'

장서연 (글로벌뉴스통신 기자)

국립무용단 수석무용수이자 안무가인 장현수가 자신의 이름을 내건 '장현수, 내 혈관 속을 타고 흐르는 「수정흥무」 공연을 오는 4월 17일(금요일)과 18일(토요일) 양일간 서울 중구 국립극장 달오름극장에서 관객과 만날 예정이다.

지난 20년간 국립무용단 단원으로 활동하며 명실공히 국립무용단의 간판스타로 자리매김 한 장현수가 마련한 이번 '수정흥무' 공연은 한영숙류 '태평무', 조흥동류 '한량무', 배정혜류 '흥풀이춤', 국수호류 '입춤' 등을 장현수 특유의 움직임과 호흡으로 재해석하여 각각 '향연'(饗宴), '여정'(餘情), '찬가'(讚歌), '미학'(美學)이라는 소제목으로 구성됐다.

'향연'(饗宴)은 한영숙류 태평무를 재해석한 공연이다. 한국학중

앙연구원 '한국민족문화대백과'에 따르면 '태평무'는 1988년에 중요무형문화재 제92호로 지정됐다. 초연은 1938년 조선음악무용연구회의 발표에서 이강선과 장홍심이 추었다. 이후 1940년부터 한영숙(韓英淑)과 강선영(姜善泳)이 추었는데, 왕과 왕비의 역으로 각각 왕과 왕비의 옷차림이었다. 터벌림까지는 같이 추고 다음은 왕이 의자에 앉고 왕비가 추었다고 한다.

음악은 낙궁장단, 터벌림, 올림채, 도살풀이가락의 경기무속장단으로 다른 춤에 비해 복잡하고 까다롭다. 장단을 충분히 알아야 그 맛을 살릴 수 있다. 춤은 전체적으로 화사하고 우아하다. 겹걸음, 따라붙이는 걸음, 잔걸음, 무릎들어 걷기, 뒤꿈치찍기, 앞꿈치꺽고 뒤꿈치 디딤, 뒤꿈치 찍어들기, 발옆으로 밀어주기 등 발디딤의 기교가 섬세하고 다양하다. 장단과 발디딤이 현란한 멋을 보여주지만, 상체의 호흡은 절제미를 보여주는 것이 특징이다.

한영숙류 태평무는 처음부터 당의만 입고 추며 한삼을 끼지 않고 마지막 포즈로 무대에서 끝을 맺기에 담백하며 절제미를 더욱 느끼게 한다.

'여정'(餘情)은 조흥동류 '한량무'를 장현수가 재해석했다. 문화재청에 따르면 '한량무'는 경남 진주 지방에 전해 내려오고 있는 교방 계통의 무용으로 한량과 승려가 한 여인을 유혹하는 내용을 춤으로 표현한 무용극이다. 한량이란 일정한 벼슬없이 놀고 먹는 양반을 말한다. 한량무에는 악사, 한량, 승려, 색시, 주모, 별감, 상좌, 마당쇠 등이 등장하며 배역에 따라 성격이 다른 춤사위와 옷차림으로 구성된다.

한량의 경우에는 도포에 정자관을 쓰고, 별감은 궁중별관복을 입고, 색시는 궁중기생옷으로 몽두리에 색한삼을 끼고 족두리를 쓴다. 승려는 승복에 가사를 매고 작은 방갓을 쓴다. 내용은 타락한 선비, 파계한 중, 정조없는 색시, 게으른 관리 등을 응징하는 조선시대의 퇴폐성을 풍자하고 있다.

'찬가'(讚歌)는 배정혜류 흥풀이춤를 재해석한 공연이다. 흥풀이춤은 흔히 허튼춤이라고 불린다. 어떠한 자세에서든 앞으로 가거나 뒤로 걸어가면서 또는 제자리를 돌면서 주로 어깨만 움직이면서 추는 것이 특징이다.

대체로 여성들이 즐겨 추며 특별한 기교가 요구되지 않으므로 전국적으로 분포되어 있다. 춤을 느리게 추는 경우에는 숨을 들이쉬면서 어깨를 위로 올렸다가 숨을 내쉬면서 어깨를 밑으로 내리는 동작을 한다. 어깨춤을 빨리 추는 경우에는 어깨를 좌우로 움직이면서 그 반동으로 고개도 약간씩 좌우로 흔들게 된다.

이처럼 허튼춤은 사람에 따라 또는 지역에 따라 다양한 명칭이 있다. 허튼춤은 농악을 할 때나 탈춤이 벌어졌을 때, 무당이 굿을 할 때, 마을의 축제나 집안에 경사가 있을 때, 명절에 민속놀이를 할 때 흥이 나면 추는 대중성을 지닌 서민적인 춤으로 일정한 형식 없이 자기의 멋을 집어넣어 즉흥적으로 추는 '흥풀이춤'이다.

특히 장현수가 재해석할 '흥풀이춤'은 한국 직업무용단체의 대명사처럼 인정되는 '무희'(舞姬) 배정혜의 흥풀이춤이다. 배정혜는 무용인생 70주년을 맞이해 지난 2014년 3월 춤의 인생과 철학을 담아낸 총 22개 작품을 한국무용계에 헌정하는 '춤, 70Years 배정혜' 무대를 마련했다. 이 무대에서 장현수는 버드나무 가지로 풀피리를 불며 꽃이 떨어지는 광경을 상상하며 구성한 작품 '풀피리' 무대에 오르기도 했다.

'미학'(美學)은 국수호류 '입춤'을 장현수가 역시 재해석한 무대다. '입춤'은 '서서' 춤춘다 또는 '구음'에 맞춰 춤춘다라는 의미로 어떤 양식에 구애받지 않고 자유자재로 춤춘다 하여 '즉흥무'라고도 한다. 이처럼 팔만 벌리거나, 몸의 관절만 움직이거나, 또는 아래위로만 움직이면서 제멋대로 추는 입춤을 장현수가 어떻게 흥미롭게 재해석할지 기대되는 대목이기도 하다.

이밖에 장현수의 「수정흥무」 공연에는 '긴 아리랑, 구 아리랑' (경기민요, 소리 성슬기·채수현), '감각'(感却, 입체창 '사랑가', 소리 민은경·김준수)

등을 비롯해 조택원의 작품을 조흥동이 재해석한 '신로심불로'(身老心不老. 춤 김정학), 중요무형문화재 제27호 '승무'(僧舞, 춤 오철주) 등이 특별무대로 마련됐다.

이처럼 「수정흥무」는 장현수가 국립무용단 재직 중에 스승으로 만났던 한국무용계의 거장들로부터 이어받은 명작들을 재해석하고 무대화하여 한국춤의 계승과 발전을 도모하고자 마련된 특별한 무대이다.

아울러 「수정흥무」는 '성균관스캔들', '옥탑방 왕세자', '별에서 온 그대' 등의 드라마와 유명 패션지를 통해 세련된 한복을 선보이며 큰 인기를 얻고 있는 무용수 출신의 한복디자이너 이서윤이 공연 전체의 스타일링을 맡아 매 장면마다 패션 화보와 같은 품격있는 무대를 함께 만들 예정이다.

「수정흥무」 공연 관계자는 "우리의 소중한 전통예술을 진심을 다해 계승하고 새로운 시각과 실험을 통해 전 세대가 공감하고 세계인이 즐길 수 있는 오늘의 예술로 발전시키고자 하는 춤꾼 장현수의 바람이 이번 무대에 오롯이 담겨 있다."라고 밝혔다.

무용가이자 안무가인 장현수는 "그동안 스승의 가르침에 대한 감사의 마음을 전하고 새로운 무용 관객들을 초청하여 이 시대 한국 예술의 멋과 맛을 나누며 그들과 진솔하게 소통하고자 한다"라고 이번 공연을 마련한 소감을 전했다.

한편, 장현수는 1996년부터 국립무용단에서 약 20여 년 동안 활동을 해오고 있다. 그는 그동안 「춤, 춘향」의 춘향, 「soul, 해바라기」의 무녀 등의 작품에서 주역을 맡아왔다. 또한, 그동안 국립무용단 대표 공연인 「춤, 춘향」, 「코리아 환타지」, 「soul, 해바라기」 등을 비롯해 「암향」, 「남몰래 흐르는 눈물」, 「프린세스 콩쥐」, 「검은꽃, 사이코패스증후군」, 「팜므파탈」 등 여러 작품들을 통해 관객과 만나고 국립무용단의 「프린세스 콩쥐」, 「화선 김홍도」의 조안무로도 참여했다.

장현수는 「검은꽃」, 「사막의 붉은 달」, 「피노키오에게」, 「암향」, 「아야의 향」, 「바람꽃」, 「팜므파탈」 등의 안무를 맡았으며, '신기어린 무당', '지고지순한 규수', '위엄 있는 왕비', '한 많은 궁녀', '장난기 넘치는 광대' 등 '천'(千)의 모습으로 관객을 사로잡는 변화무쌍한 무용가이자 춤꾼이다.

19.

「팜므파탈」 2014
전통과 현대의 융합으로 빚어낸 사랑

심종숙 (시인, 문학평론가)

'팜므파탈'은 치명적인 아름다움을 뜻한다. 장현수의 무용 「팜므파탈」은 여러 가지 융합예술적 실험을 하고 있다고 생각된다.

우선 첫째로, 무대를 그려보면 중앙 무대(의식의 재현) 아래에 완만한 계단이 있다. 한 바이올리니스트가 천천히 걸어서 무대에 올라 연주한다. 조명은 온통 파랗다. 파랑은 의식과 정신세계의 색깔이다. 그리고 중앙 무대 오른쪽에는 작은 계단이 설치되어 있다. 마치 일본의 전통연극 노오(能)의 시테가 와타리바시(渡り橋)를 아주 천천히 걸어서 중앙 무대에 등장하는 느낌이 들었다. 그리고 이 무대 배치는 세 영역으로 나누어져 있고, 무의식과 전의식, 의식의 단계를 표현하고 있다. 과거와 현재를 넘나드는 내러티브를 생산하는 공간으로 기능하고 있다. 이때 중앙 무대는 기억과 현재를 오가는 장소다. 그리고 세 무대 공간이 나누어져 각

각의 역할이 주어지는 가운데 중앙 무대는 재현된 기억의 공간이다. 중앙 무대의 앞 계단은 기억으로 들어가기 위한 다리인 것이다. 그러면 중앙 무대의 오른쪽 뒷계단은 기억에서 현실로 돌아나오는 곳이 된다. 이 세 영역은 서로 연결되어 있고 인간이 살아있는 동안 반복 순환되는 의식의 세 공간을 표현하였다.

둘째는 음악이다. 도입부는 느리고 애조 띤 바이올린 연주에서 보통 빠르기의 템포가 되었을 때는 기타와 바이올린의 협주, 바이올린과 피아노, 소리와 장구와 가야금, 해금과 단소의 음색을 통해서, 더 멀리는 원시적 선율을 느끼게 하는 손북과 피리, 태평소와 가야금의 경쾌하고 신비감을 자아내는 음악이 연주된다. 무용수들은 어느새 기억의 세계로 거슬러 올라가서 사랑에 있어서 고전적인 물동이를 인 여인과 시골 총각의 사랑을 재현한다. 그리고 과거의 기억에서 나와서 현재 또는 현대가 되었을 때는 재즈와 팝송으로 변주되는 흐름을 지니고 있어 전통과 현대, 양악과 국악의 융합을 꾀하려는 실험적인 화성악적 구상이 돋보였다고 하겠다. 이 선율에 따라 무용수들이 독무, 군무, 군무와 독무의 몸짓으로 주로 팔과 다리의 움직임을 강조하여 애벌레가 다리와 팔, 그리고 날개를 통해 자유롭게 비상하는 모습을 표현하고자 했다.

셋째는 조명이다. 이 무용은 파랑의 냉철한 이성의 세계나 무의식을 표현하는 세계, 빨강의 열정과 금지의 세계, 하양의 순수와 흑백의 극단적인 요소를 띠어 관객들로 하여금 색깔로 표현하는 이야기의 흐름을 어느 정도 짐작이 가능하게 한다. 그리고 암전 효과와 하양의 극단적인 대비를 통하여 전통이나 기억 속의 경험에서 현대나 현재로 되돌아오는 길목의 터널이 되어준다. 무의식이나 전의식, 의식의 자기검열이나 상징계의 질서가 개인의 욕망이나 욕구, 행동을 통제하는 내적 시스템이나 사회적 시스템 속에서 살아갈 수밖에 없는 인간의 세계는 동물의 세계와는 다르다. 이 무용에서 신체를 애벌레로 표현하여 현수하는 의미는 무엇일까? 인간이 애벌레를 꿈꿀 때는 모태 회귀나 죽음의 충농이라면 나비를 꿈꿀 때는 내적 성장의 욕구이지 않겠는가. 장자가 나비가 되는 꿈을 꾸는 것과 월급쟁이 그레고르가 잠자다가 곤충이 되는 비극의 단면을 보여주는 효과일 것이다. 이 둘 다 초현실적인 실재계의 세계이다. 조명을 통하여 이 효과를 이끌어내는 데에 숙고한 흔적이 짙다.

넷째는 암흑 속에서 들여오는 "너의 벌레를 놓아주어라"라는 효과음은 이 무용에서 중심적인 메시지라고 생각한다. 인간이 여성의 태내에 태아로 존재할 때 암흑 속에서 팔과 다리를 구부리고 있는 자세가 현수된 망태기 속 무용수의 몸을 통해 표현되었듯이 인간의 누에고치이다. 거기에서 나방이 되어 날아가야 한다. 고치에서 자유와 해방을 갈구하는 인간의 욕망을 드러내었다.

마지막으로, 이 무용의 중요한 주제인 사랑에 관해서다. 물론 이 사랑은 남녀의 사랑을 표현하고 있다. 나아가, 금지된 사랑에까지 확장하고 있다. 여기서의 고뇌는 무엇인가? 금지된 사랑은 상징계의 질서나 인간관계를 파괴시킨다. 그리고 치명적일 수도 있다. 인간은 끊임없이 사랑을 꿈꾼다. 물동이를 인 여인의 아름다운 자태를 군무로 보여주는 이 작품은 전통적인 여성의 아름다운 모습과 사랑의 표현 방식에서 하나의 단서를 찾는다. 여성이 인 물동이와 두 남자 무용수가 어깨에 짊어 멘 여성, 한 여성을 두고 다투는 두 남성, 반대인 경우, 또는 금지된 사랑으로 인한 쓰라림, 이루어지지 않는 사랑의 애달픔 등은 사랑의 십자가가 아닌가 하는 것이다. 사랑은 분명히 여성이 인 물동이의 생명수이다. 그러나 그 물을 긷기 위해 여성의 노역이 과거에 있었듯이 사랑은 아름답고도 치명적이다. 그러나 그네에 앉은 남자는 무엇을 생각하는가? 도입부에 천천히 과거를 회상하러 중앙 무대에 간 남자는 물동이를 인 추억의 여인을 그리워하는가? 빨강 조명 아래 붉은 의상을 입은 여인은 무엇을 괴로워하는가? 인간은 자연을 거스르지 않고 사랑에 붙잡힌다. 그런데 때로는 사랑으로 기쁘거나 고달플 수도 있다. 그래서 사랑은 '팜므파탈'이 아니겠는가!

「사막의 붉은 달」 2011
주제의 무게감을 춤 어휘로 적절히 풀어낸 안무작

장지원 (무용평론가, 춤과 사람들)

　인상 깊은 표현력과 춤에 대한 열정이 돋보이는 한국무용가, 국립무용단 수석무용수 장현수가 27~28일 아르코예술극장 대극장에서 「사막의 붉은 달」이라는 신작을 선보였다. 2008년 창단한 장현수 무용단과 함께 「암향」, 「남몰래 흐르는 눈물」, 「검은꽃, 사이코패스증후군」 등의 안무를 통해 풍부한 감성과 사회성을 동시에 담은 그녀는 이번 무대에서도 유미주의 측면에서 벗어나 있었다.

　공연은 1부 「붉게 물든 춤의 향기」와 2부 「사막의 붉은 달」로 구성되었는데, 1부는 붉은색이 선명하게 각인된 여성의 춤인 '취선무', 현대적 의상을 입은 조용진·이재화가 보여준 '묵화율', 5명의 여인과 장현수의 춤이 화폭의 그림 같은 아름다움을 선사한 '화비화'로 이뤄졌다. 세 작품 모두 전통의 선율 위에 나름의

현대화시킨 춤사위로 또 다른 작업을 모색했다. 특히 '묵화율'은 긴 천을 이용해 공간의 확장을 꾀하는 도살풀이춤의 방법론을 차용하면서도 강약을 조절해가며 젊음의 에너지를 분출해내는 두 남성의 춤이 모노톤의 이지적 분위기와 교묘히 뒤섞였다.

본격적으로 2부 신작 「사막의 붉은 달」은 메마르고 각박한 오늘을 살아가는 현재 우리의 모습과 인생을 황량한 사막여행에 비유한 작품이다. 장현수는 황량하고 메마른 땅에서 무수한 역경의 시간을 이겨내고 격렬한 몸부림으로 사랑하는 이들과의 행복한 오늘을 꿈꾸는 우리들의 모습을 춤으로 표현하고자 한다고 그 의도를 밝혔다. 첫 장면, 그녀는 무음악에 무대 중앙 붉은 사각의 조명 아래 돛 모양의 물체를 놓고 퇴장한다.

탄생과 꿈을 좇는 여정, 죽음으로 이르는 인생의 단계에서 이 돛의 상징적 의미는 희망의 출발인 동시에 안식처에 이르는 마지막 도구였다. 이를 표현하는 효과적인 오브제로 사용된 물체는 다양한 방식으로 이후에도 장면 곳곳에 쓰였다. 무대 뒤 깊은 공간에서 긴장감이 감도는 음악에 느린 움직임으로 자신의 얼굴을 가리는 듯한 몸짓을 보이는 조용진은 이를 통해 붉은 사막의 위험하고 힘든 공간 속에서 탈출하려 애쓰는 인간의 힘겨운 의지를 훌륭히 표현했고 준수한 외모와 뛰어난 신체조건, 기교와 표현의 조화를 바탕으로 단연 모두의 주목을 받았다.

돛 모양의 삼각형 오브제를 여러 형태로 신체와 밀착시켜 사용한 군무진들이 타악기 리듬에 격렬한 춤을 추었다. 이후 군무진들이 바닥에 밀착해 느리고 기는 듯한 동작, 팔을 휘젓는 독특한 춤사위를 게걸음처럼 옆으로 이동하며 불규칙적으로 움직이는 동작, 정형화되지 않고 마음대로 이완하는 모습들로 장면이 채워졌다. 섬세하고 부드러운 감정의 조용진과 장현수의 듀엣이 이 한 장면을 담아냈고, 인생 초반의 푸르름을 예상케 하는 푸른색 의상에서 중반 이후의 연륜과 깊이를 지닌 갈색 계열의 의상으로 갈아입은 군무진들의 원시적 이미지의 춤은 내면의 심상을 간직했다.

일렬을 이뤄가며 이동하는 모습과 붉은 원형 속에서 원을 그리며 비장하게 움직이는 모습 등은 지신밟기 이미지를 차용했다라고 그녀 스스로 밝히고 있는데, 적절한 방법으로 보여지며 긴장감이 떨어지는 순간 쏟아져 내리는 물 혹은 모래를 입을 벌려 받으며 움직이는 그녀의 솔로는 클라이막스를 이뤘다.

후반부 쓸쓸히 뒤안길로 돌아가는 인간의 모습을 그리며 검은 사막 뒤로 이동하는 불빛에 따라 걸어가는 모습이 회한을 남기기도 하는데, 이번 공연은 기본이 탄탄한 무용수들과 가볍지 않은 수제를 연극적 요소를 가미하여 풀어낸 안정된 안무가 잔상을 남겼다.

21.

「검은꽃, 사이코패스 증후군」 2010
현대 춤은 바로 앞에 있고 함께 있다

정순영 (무용평론가)

한국무용전공의 장현수(현재 국립무용단 수석무용수)가 2008년 2월 5~6일 서강대 메리홀에서 선보인 「검은꽃, 사이코패스 증후군」을 소극장 버전(version)으로 압축하여 우리들이 침묵하고 있는 일상의 부조리와 사회적 모순, 그리고 이기적인 자기연민의 갈등과 상처를 표현하는 사회 이슈를 과감히 표현하는 색다른 춤을 들고나와 시선을 당겼다.

그녀(女)는 이 사회의 병든 이면을 '검은꽃'으로 드러낸다. 현실의 이면에 숨어서 현실을 지지하는 가상 세계, 산산조각나버린 인간 본성의 덩어리를 하나하

나 춤으로 모았다. 장현수는 10여 년 간 국립무용단 간판스타로서 탄탄한 재능과 끼를 인정받은 재원이다. 무대를 압도하는 표현력, 특유의 서정적 감성으로 신선한 감각과 개성있는 움직임의 춤꾼이면서 안무가로 주목(注目)받고 있다.(근자엔 국수호의 춤극 명성황후 역으로 출연했다.)

"악당이 너무 많다." 어느 영화 장면 대사다. 우리는 어두운 곳을 보기 싫어한다. 아니 애써 외면을 한다. 그런 외면 속에서도 검은꽃은 그 암울함을 피우기 시작한다. 검은꽃들은 서서히 우리 일상으로 퍼져나간다. 그리고 우리 가슴에 암덩어리처럼 아무런 감정도 없이 자라나고 정신 마비의 검은 영혼으로 분노와 상처에 가득하다. 그것들은 일상의 부조리로 나타난다. 때론 섬뜩하리만치 무서운 공포로 다가온다. 사람들과의 단절, 누구하나 구원의 손을 내미는 이 없고 점점 자신의 흔적을 감추면서 깊은 수렁으로 빠져든다. 그 끝에 핀 꽃 한송이가… 그건(악의 씨), 자라고, 커지고… 독버섯처럼, 끝내는?

프롤로그-독백 한 줌(記錄者)/ 상황1-기억 저편/ 상황2-관계 설정/ 상황3-분노 혹은 광기/ 상황4-상처 드러내기/ 상황5-흔적 그리고 잔상/ 상황6-치유. 대인적 삶(타인의 시선까지…)에 걸친 작품 「검은꽃」(2010)은 이렇게 꾸며졌다. 이를 추적해가자.

상하 흰색 정장의 카메라맨이 플래시를 터트리면서 객석을 향해 뭔가 대사를 하면서 돌아간다. 12명의 검은꽃들이 함장으로 나와 앉았다. 흰옷 가네티멘 - 등(背)은 검정색, 검우꽃에 포커스를 맞춰간다. 이상은 프롤로그 Dance life의 기록이다. 6,3,2,5명식으로 산재(散在)하면서 기억 저편의 메모리를 불러들인다. 뛰어가고, 멈춰 포즈하고, 가벼운 몸들이 날아다니고 칼날 같은 매서운 동작의 男들과 가벼운 女 요화(妖花)들과 함께 섞여 암울함을 피운다.

날카로운 바이올린 고음(高音)이 춤을 부추긴다. 작업복 허술한 차림의 男이 무겁게 첼로 음을 따라 나오고 회색빛 무드의 여인들이 신음하는 몸짓으로 배회한다. 멀리 무대 깊은 곳을 혼자 쓸쓸히 걷고, 문장은 모르나 시 낭송이 분위기를 잘 잡아주었다. 다음은 남2, 여3인의 스테이지가 다원적 공간 구성을 살렸다, 격동과 이완의 조화도 강조하면서, 한 여인이 쥔 작고 가냘픈 여자 '인형'의 등장이 전부(銓部) 춤판의 주도권(Initiative)을 쥐기 시작한다.

반듯이 누운 5인, 가로 한 줄로 서고, 양팔을 벌리며 쫓고 쫓아가고, 인형을 떨어트린다. '버린아이=弃儿'인 셈이다. 작은 충동이 큰 동작으로 발전된다. 버려진 인형을 보며 5인은 분노와 충격에 싸인다. 구급 사이렌 효과가 들린다. 5인의 표정은 각기 다르게 표현된다. 멍하니 서 있고, 극한의 애석함, 차츰 무대는 어두워진다.

피아노 맑은소리, 쓸쓸히 굴러있는 여인 인형 모습은 묘한 관계와 대조의 아이러니다. 바로 상처와 흔적이다. 서 있고, 앉아 있고, 조용히 걷고 있고, 인형을 만져보고, 이제 결부(結部) 치유에 접어든다. 당초 고목에서 내려왔던 하얀 천은 붕대 모양 춤꾼 장현수의 상처 난 다리를 감아준다. 이때부터는 아무 효과도 반주도 없이 침묵의 시간이다.

춤꾼들 군무가 등장하고 카메라맨 모습도 다시 보이고, 통재라! 백골 상자를 든 여인이 나와 바닥에 가루가 아닌 입자를 뿌리기 시작, All Floor에 낙엽처럼 흩어진다. 애재(哀哉)라! 이렇게 장현수의 「검은꽃, 사이코패스 증후군」의 2010년 편이 마감되었다.

「검은꽃, 사이코패스 증후군」 2008
너무 자유스런 상상력과 스케일

김태원 (공연과 리뷰 편집인, 무용평론가)

몇 년 전 장현수 안무의 「철근꽃」을 보고 지난해 배정혜 안무의 「춤, 춘향」에서 그녀의 특출난 연기력을 봤을 때, 이 한국춤꾼은 너무나 단순하게도 제 갈 길을 가는 사람이구나 싶었다. 이때 그녀의 갈 길은 마치 여름철 작은 홍수와 범람과 같이 마음대로 흘러넘쳐 논둑 위로 '제 길'을 내고야 마는 것과 같은 것이라 할 수 있다. 그래서 그녀는 국립무용단이라든지, 혹은 그 방식의 춤이란 울타리를 훌쩍 넘는다. 너무 쉽게 넘는다.

'사이코패스 증후군'이란 부제가 붙은 이번 장현수의 「검은꽃」 공연(아르코대극장, 3월21~22)에서 어느 누구도 팸플릿에 설명된 그 심리학적 용어를 제대로 이해했을 것 같지 않다. 또 그 같은 내용과 춤과 밀접히 연관되어 있다는 어떤 접점도 없어 보인다. 대신 이 창작춤꾼이 이끄는 일군의 젊은 국립무용단원과 그들과의 몇 번의 공연을 가져보았던 류장현, 최문석을 비롯한 일군의 젊은 현대무용인들(다수가 툇마루무용단)이 마음껏 함께 아르코 극장의 큰 무대 위에서 놀고, 그림을 그리며, 자기들만의 춤의 스타일을 보여주는 '한판 놀이'로 내게 더 보여졌다. 곧 피나 바우쉬의 '탄츠 테아테' 같은 어떤 집적인 혼돈의 분위기와 연극적 분위기가 공존되어 지배하면서, 그 속에서 많은 것이 단절되고 차단된 즉 탈출구가 막혀버린 상황을 이 작품은 그렸다.

공연을 통해 세 개의 큰 이미지가 이 공연을 지배한다. 무대 한 구석, 어항과 같은 큰 유리단지에 그득 담긴 얼음 조각들과 그 옆에 공중에서 매달려 있는 검은 비닐주머니(어항 옆으로 훌륭한 체구의 장윤나가 푸른 원피스를 입고 서 있고 누군가 한, 둘 검은 비닐주머니를 뚫고 나온다), 오윤근에 의해 설치된 장치가 대각선의 투명 비닐막(그것을 현

대무용가 하정오가 막대기를 들고 반복적으로 닫고 연다), 그리고 장현수, 최문석을 각각 에워싸며 그들을 인의 장막으로 제어하는 남녀의 군집 군무의 이미지가 그것으로 이 중 특히 세 번째 이미지는 효과적으로 두 번 반복된다.

물론 그사이에 검은 치마를 입고 객석에서 무대 뒤로 올라가, 가볍게 엉덩이를 흔들며 그 특유의 낮게 휘둘고 감치는 매혹적인 장현수의 움직임도 있다. 정확한 지식이 못 되지만 사이코패스의 증후군은 어떤 존재감 내지 의식의 차단과 현상의 정체성을 보지 못하는 편협성에서 비롯된다고 볼 때, 사실 그 각각의 상황은 그 심리적 상황의 제반 큰 이미지의 몇 특징적 펼침 같다. 즉 갇힌 공간 속에 얼음 같은 냉엄함, 공간의 단절감, 어떤 막혀버림의 상황이 그 같은 것으로서 앞서 지적한 이미지들은 그것과 어느 정도 관련된다 할 수 있다.

그러나 공연은 오윤근의 디자인과 신호의 조명이 공간을 큰 스케일로 디자인하며 어떤 차단감을 표현하며 중반까지는 신선감과 긴강감을 갖고 진행되었지만, 이후 남녀 군무진들의 다소 산만한, 반복되는 전개가 꾀해졌을 때에는 춤의 주제로부터 멀어져 어떤 전시성만 과도하게 드러낸 것 같다. 그런 의미에서 최소 후반부 15분~20분 정도는 내게는 필요없어 보였다. 더불어 그 속에 장현수의 솔로 또한 어떤 작품적 설득력을 잃고 있었다. 오히려 무대 한구석에 얼어붙어 있던 푸른 옷의 장윤나란 존재와 어떤 대립되는 관계 모색이 꾀해졌더라면 싶었다.

  크게 봐서 이 공연은 30대 중반의 국립무용단의 단원으로서는 너무 창작적으로 자유로운, 의욕적인 공연을 펼쳐 보여주었다. 바우쉬의 '탄츠 테아테'적 분위기, 국립무용단이 되풀이 해 올렸던 안성수의 발레적 패턴 동작성도 모두 보였다. 더불어 하정오의 유머러스한 연극적 연기성 위에 최문석, 전혁진의 스타적 기량 전시가 인상적으로 가미되기도 했다. 그래서 충분히 자유롭고 볼거리가 많으며 또 어느 정도 현대적 감각으로 즐길 수 있는 부분도 있었다. 그러나 안무자로서는 주제에서 크게 벗어나지 않으려 노력하는 것, 또 자신 스스로의 안무적 장악력을 보여주는 것이 이 공연에서 더 필요한 듯이 보였다.

  달리 말해 만일 이 공연에서 일군의 젊은 현대무용인들이 전개한 춤의 부분이 빠졌다면 어떻게 될까? 그런 점에서 역설적으로 검은 이파리와 같이, 사이코패스 병상을 가진 심리환자와 같이 대상에 더 집착하라고 얘기하고 싶다. 안무자는 적어도 몇 년 간은 더 그래도 된다. 그런 가운데 이 공연에서 내가 가졌던 어떤 수확은 국립무용단원 장윤나의 푸른 치마를 입은 냉정하면서도 침착한 현대적 아름다움과 정혁진의 날카로운 감성의 동작, 무대디자이너 오윤근의 비닐막을 이용한 교과적이고 경제적인 공간 디자인이었다.

23.

「검은꽃, 사이코패스 증후군」 2008
안무자의 중심이 흐렸던 작품

장지원 (춤과 사람들 기자)

국립무용단의 주역으로서 1996년 입단 이래 활발한 활동을 벌이며 자신의 강렬한 무용 색채와 움직임의 특질을 살려왔던 장현수가 오랜 공연경력에도 불구하고 순수 개인 창작공연으로는 첫 발걸음을 내디뎠다. 3월 21~22일 아르코예술극장 대극장에서 열린 그녀의 공연은 무용단에서의 10여  년 세월을 쏟아부은 만큼 모든 역량을 보여주고자 했을 바, 특히 창작무용으로서 연극적 구성을 신체의 움직임과 호흡으로 철저히 해부해보고 관객에게 어필하려고 노력했다.

무용계 인사들의 관심과 애정을 받으며 시작된 「검은꽃, 사이코패스 증후군」이라는 제목의 공연은, 관념적인 소재와 한국 창작춤의 소재로는 급진적인 동시에 대중적인 코드라는 우려의 목소리를 안무자 자신이 이미 간파하고 있던 일상의 부조리함 속에서 부딪치는 사람들과 사회적 알레고리의 모순이 주는 섬뜩함, 공포, 대인공포감, 군중 속의 고독 같은 현대인들의 이기적이고도 치열한 자기 연민을 작품의 의도로 삼고 있다. 우선 뛰어난 남성 현대무용수들의 강렬하면서도 날카롭고 순발력 있는 움직임이 세련된 감각으로 다가왔고 자유자재로 손끝에서부터 발끝까지의 섬세한 근육을 모두 사용하는 듯 보였다.

이에 비견하여 여성 국립무용단 단원들의 서정적이면서도 이미지를 강조하는 몸짓은 뛰어난 신체조건과 정중동의 미를 과시하며 이와 대조를 이루어 주제를 표현했다. 특히 첫 장면 무대 사이드와 백드롭 모두를 비닐 천으로 둘러싸고 이를 활용해 이후 다시 4개의 공간으로 분할해 사용하며 확장과 변형을 가져온 집은 동작뿐만 아니라 살아 숨쉬는 무대로서의 기능성을 실험한 경우라 볼 수 있다. 또한 그 비닐 천을 스크린으로 사용한다든지 혹은 이성 무용수를 감싸는 하나의 공포의 공간으로 쓰이는 등 다양한 변화를 연출했다.

공간의 확장이라든지 현대적 움직임을 강조해 창작춤으로서의 변형을 꾀하고자 했던 의도는 충분히 좋았고, 코믹한 성격에 이미 일가견들을 이룬 하정오, 류장현, 최문석 등의 현대무용수의 출연 그리고 이 밖에도 전혁진, 이재준, 박재원, 김재승 등의 뛰어난 무용수들을 대거 한 무대에 모았다는 점 자체도 그녀의 능력을 보여주는 부분이었다. 또한 장윤나를 비롯한 여성 무용수들의 훌륭한 신체조건과 몸짓은 이를 관람하는 관객에게 다분히 어필할 수 있는 조건이었다.

어느 조건으로 보아도 흠잡을 데 없는 무대였지만 아쉽게 느껴지는 점은 장현수 자신의 강렬한 중심과 색깔을 볼 수가 없었고, 과연 그녀 자신이 이러한 현대무용 동작 자체를 안무했을까 하는 의구심을 갖게 하는 부분이었다. 물론 창작춤에 있어 한국적 움직임이 현대춤과 어우러져 가는 경향을 감안하더라도 남성 현대무용수들의 기에 눌려 그녀 자신의 훌륭한 능력이 빛바랜다면 성공적인 무대라 자신있게 말할 수 있겠는가! 앞으로의 가능성과 저력을 바탕으로 또 다른 무대에서는 그녀의 의도가 확실하게 표현되고, 스스로의 춤으로도 전체를 장악하는 파워를 과감하게 펼쳐주길 바란다.

「검은꽃, 사이코패스 증후군」 2008
검은꽃은 어디에 피는가?

홍준석 ('더 스태프' 편집장)

「검은꽃, 사이코패스 증후군」의 무대와 조명 디자인

지난 2008년 3월 21일, 22일 아르코예술극장의 연간 프로그램 중 하나로 펼쳐진 장현수의 춤 「검은꽃, 사이코패스 증후군」은 국립무용단의 수석무용수 장현수의 첫 개인 공연이었다. 자신의 이름을 건 첫 공연이라 여러 가지 힘든 과정을 거쳤다지만 결과적으로 춤 작가로서 이후 행보를 기대하기에 충분했다. 함께 작품을 만들어 낸 디자이너들에게 진심어린 감사를 표하며 다음에도 함께 하기를 바란다는 장현수의 말속에서, 잘 소통하며 만들어진 작업의 즐거움을 느낄 수 있었다.

사이코패스는 반사회적 인격을 가진 사람을 일컫는다. 마치 유행처럼 우리 사회를 휩쓰는 사이코패스에 대한 담론들은 소설이나 영화 등의 예술적 소통에 힘입은 바 크다. 예술은 인간에 대

한 탐구이기에, 사이코패스는 현대 사회의 인간상을 표현하는데 적절한 대상이리라.

　장현수의 춤 「검은꽃, 사이코패스 증후군」은 그런 흐름에서 살짝 비켜있다. 객체로서 사이코패스를 고찰하여 드러내는 게 아니라 인간 내면의 사이코패스적인 증상을 비춘다. 이런 증상, 증후군은 사회적인 원인을 가진다. 프로그램의 말을 빌자면 '일상의 부조리함 속에서 만나고 부딪히는 사람들과 사회적 알레고리의 모순이 주는 섬뜩함과 공포, 그리고 대인 공포감, 혹은 군중 속의 고독 같은 현대인들의 무서우리만치 이기적이고 치열한 자기 연민'이 안무의 동기다. 일상에서 조용히 싹 트는 자기 내면의 사이코패스적인 순간을 발견하거나 그런 자신과 같은 다중적인 타인을 조우할 때, 검은꽃은 일상의 이면, 도처에 피어있다. 춤은 그런 내면의 찰나와 자기 응시, 타인의 빈틈을 확대하기에 좋은 표현 수단이다. 내게도 검은꽃은 피어있는가?

무대미술의 키워드, 이중적 정신상태의 표현 -오윤균의 무대디자인
　처음 안무자로부터 안무 대본을 받고 나서 무대디자이너 오윤균은 먼저 무대 미술 콘셉트를 정리했다. A4 반쪽 남짓한 분량이지만, 무대미술의 주요한 키워드와 그로부터 파생된 핵심적인 아이디어들을 간략하게 기술했다. 바로 이어 아이디어 스케치를 통해 구체적인 그림을 만들어나갔다.

그다음 도면으로 정리하고 곧바로 무대 모형을 만들어 안무자에게 보여줬다. 안무 대본을 받은 지 15일 만이었다. 안무자는 수많은 공연을 하면서 이렇게 무대 모형을 받아본 적이 없어 감탄했고, 자신의 의도를 거의 정확하게 꿰뚫는 무대 미술에서 연출적 실마리를 얻었다. 그래서 안무자는 연습실에 모형에 따라 연습 세트를 설치하고 몸의 방향이나 동작을 수정하고 동선을 더하며 안무를 정리해 나갔다.

"대극장 무대를 다 열어놓고 쓰자는 건 장현수 선생님의 생각이었어요. 여러 가지 가능성을 탐색해봤죠. 우리한테는 공간의 무서움이 있거든요. 주눅이 아니라, 공간이 약간 열리거나 혹은 약간 닫히거나, 약간 낮거나 높거나 깊어지고 얕아지고 부피나 폭이 조금 달라지는 그런 작은 차이와 변화에 공간이 민감하게 반응하는 걸 알기에 무서운 거거든요. 그래서 고민하고 심사숙고를 해서 결정을 내리는 건데, 장현수 선생님은 공간에 대한 두려움이 없구나, 생각이 들었죠."

관객이 들어서면 무대에는 비닐이 사선으로 커튼처럼 매달려 있다. 평면도처럼 위에서 보자면 완전한 대칭이 아닌 X자 형태로 비닐이 쳐져있다. 객석에서 보기엔 4개의 공간으로 구분되는데, 정면의 공간 너머, 반투명의 비닐 뒤의 3개의 공간은 그저 짐작될 뿐 잘 보이는 것도, 안 보이는 것도 아니다.

비닐은 무대에서 민감한 소재다. 화재의 위험도 크고, 작은 공기의 순환에도 쉽게 나풀거리는 성질을 가졌다. "내 역할은 주제를 무대라는 공간 속에 시각적인 부분으로 풀어내야 하잖아요. 「검은꽃, 사이코패스 증후군」이라는 제목의 안무 대본 등을 통해 이중적 자아, 이중적 정신상태라는 무대미술의 키워드를 뽑아냈어요. 그리고 먼저 맞는 재료가 무엇일까? 요즘의 작업에서 재료에 대한 고민과 관심이 많거든요. 주제어로부터 파생되는 개념을 재료적으로 고민하다가 반투명의 비닐이라는 결론에 도달한거죠. 제일 적당한 재료라는 판단이 들었어요."

본래 극장은 비일상적이고 환상적인 공간이지만 가려진 비닐의 앞 공간은 일상적인 공간으로 설정했다. 관객을 맞이하는 무용수(하정오)의 움직임이나 라디오는 그런 표현으로 보인다. 동시에 비닐 너머로 이면이 보이는, 두 개의 그림이 항상 복합되는 걸 보여주고 싶었다. 표면적으로는 일상, 이면에는 다른 무엇, 이중적, 이질적 융합. 이런 주제를 조형적, 시각적으로 표현하는 게 무대디자이너의 중요한 몫 중 하나라면, 반투명 비닐은 소재로 풀어낼 수 있는 선택이었다. 소재와 더불어 X자로 교차하는 대각선 구도는 두 개의 그림을 위한 좋은 선택이 되어 다양한 방향성과 입체감, 공간을 파생시켰다. 또한 커튼의 형태로 자유롭게 열고 닫을 수 있게 하여 무대미술의 또 다른 몫인 공간의 활용도를 고려했다.

"조명 디자이너에게 비닐은 쉽지 않은 소재라 힘든 작업이었을 기에요. 해결하려고 노력한 만큼 결과가 잘 나온 것 같아 미안하기도 하고 만족스럽고 고맙기도 해요. 자칫 한없이 무거워 질 수 있는 주제를 안무자도 정말 잘 표현해냈다고 생각하고 또 서로 영역을 존중하고 믿어줬단 말이에요. 서로 신뢰하고 의견을 개진하고 청취하고, 그런게 창작의 과정이잖아요. 그래서 비교적 결과도 나쁘지 않았다고 봐요. 즐거운 작업이었어요."

움직임의 호흡과 긴장을 비추다 - 신호의 조명디자인

무용공연에서 안무 대본을 받고 준비하는 경우는 많지 않았다는 조명디자이너 신호, 안무자는 장면별로 분석된 안무 대본을 전달했다. 안무자와 각 파트의 디자이너들은 함께 연습을 보고, 식사도 하고, 술잔을 기울이며 서로 생각을 교환했다. 그러나 제대로 된 공연 연습은 세 번밖에 보질 못했다. 여러 가지 여건들 때문에 충분한 시간을 확보하지 못했다. 다른 작품에 비하면 늦게 완성이 된 셈이다. 안무자는 조명디자이너에게 무언가를 제시하거나 요구하는 스타일이 아니었다. 어쩌면 당연한 얘기지만 조명은 조명디자이너에게 전적으로 맡겨졌다.

무대디자이너 오윤균도 인정하듯 비닐은 조명디자이너에게 까다롭고 골치 아픈 소재였다. "안무자와 무대디자이너의 선택이었어요. 현대적이면서 뭔가 비현실적인 부분을 표현하는 소재죠. 일단 안전이 가장 염려됐어요. 극장에서 비닐을 구해 직접

물에 비춰봤죠. 1m, 2m, 3m 이렇게 거리를 재가며 화재의 위험성이 있는지 그렇게 비닐에 조명기가 닿지 않게 하는 방법을 고민했어요. 이렇게 비닐을 사용한 작품은 처음이었으니까요. 2m 정도의 거리를 두면 안전하다는걸 직접 확인했죠"

"셋업 전날에야 완성된 안무를 볼 수 있었어요. 연습을 보고 집으로 돌아가 밤을 새워 도면을 그렸어요. 보통 도면 그리는데 3~4시간 정도 얼리는데, 정리는 해야겠고 생각은 많고, 꼬박 밤을 새웠죠. 일단 생각했던 것들(조명기를) 다 달고, 포커싱을 하면서 버리는 방식으로 진행하자 생각했어요" 이를 위해 조명 크루도 A급 인력으로 준비를 시켰다. 시간 싸움과 만일의 경우를 대비하기 위해서였다. 그렇게 셋업을 하고 리허설에 이르러서야 만들어진 조명 메모리를 안무자와 협의할 수 있었다.

1부와 2부 장면마다 느낌을 이야기하고 큐 메모리를 하나하나 넘겨 가면서 확인하는 과정을 거쳤다. 이견이 생기는 부분엔 안무자뿐 아니라 현장의 조언자들과 장면의 목표에 대해 다시 이야기를 나누었고, 이런 과정은 결국 완성도를 조금 더 높이는 힘이 되었다. 사실 비닐은 큰 고민거리였다. 비닐 커튼은 뚜렷한 면을 보이지 않고 울고 흩날렸다. 열고 닫는 전환에서 위치가 미세하게 변하는 데도 민감해졌다.

"비닐이 흩날려서 죽을 것 같았어요. 객석에 관객이 차니 공기의 순환 때문에 더 날리더라고요. 나름 계산해서 빛을 잘랐는데 비닐이 흩날리니 묻어나는데…, 그건 괜찮아요. 대신 무용수에 겐 비닐이 아무리 휘날리더라도 꼭 빛을 받고 나와달라고 요청 했어요. 다들 아주 좋았어요. 비닐이 흩날리는 걸 걱정했는데 오 히려 빛을 잘라 만든 스퀘어가 역동적으로 보였어요. 실제 면은 직선인데 곡선으로 연출 된 것처럼 느껴지는 거죠."

프로시니엄 극장에서 다리 막은 공연의 공간을 한정하고 관객 에게 보이지 않아야 하는 것들을 보이지 않게 가리는 기능을 가 진다. 그런데 이 작품은 다리 막을 쓰지 않고 무대의 옆면과 뒷 면 등 극장의 알몸을 그대로 노출했다. 안무자의 의도였다. 신호 감독은 그래서 역광에 의해 불투명의 비닐 너머 각 공간의 이미 지가 중첩되도록 직접적인 빛으로 노출시키기 보다는 독립적인 춤의 공간으로 보이게끔 빛을 설계했다. 무대 안쪽의 건물의 구 조적인 부분은 춤과 무용수에 집중할 수 있게, 춤의 에너지를 더 살려줄 수 있도록 넓은 공간감을 내는 정도로 희미하게 보이게 했다. 이렇게 넓어진 무대를 커버하기 위해 극장의 거의 모든 기 자재가 동원됐다.

"가급적이면 반사를 줄여 깊이감과 응집력을 주려고 했어요. 세트의 구도에 따라 역시 삼각형의 구도를 사용했구요. 현실과 비현실, 내면과 외면의 공존이라는 이중적인 구조를 생각하면 서, 고민 끝에 많은 변화보다 음악과 움직임이 건네는 호흡과 긴

장을 유지하는 쪽으로 갔어요. 변화보다 전체의 흐름을 고려하고 이어주자는 거죠."

작업의 만족도는 단연 최고였다고 한다. 이유를 물었다. "좋은 사람들하고 작업해서죠. 싫은 소리 없이 의견을 나누고 타협하고 서로 믿고 맡길 수 있는 스탭들이 어우러졌고, 안무자를 중심으로 잘 엮인 작업이었어요"

25.

「피노키오에게」, 「승무」, 「동백꽃에게 부쳐」 2008
선명한 한국의 선을 긋다, 한국무용가 장현수
– 아트프런티어 페스티벌에 출품된 세 작품

연 분 홍 (뉴스테이지 기자)

원각사 설립 100년을 기념한 젊은 전통예술인들의 향연 '2008 아트프런티어 페스티벌'의 마지막 주자 한국 무용가 장현수의 공연이 지난 6월 28일 정동극장에서 열렸다.

장현수는 1996년 국립무용단 입단 이후 12년 동안 「신라의 빛」, 「춤, 춘향」, 「바다」, 「soul, 해바라기」 등 국립무용단의 공연에서 주역을 맡았다. 또한 그는 2002부터 적극적으로 안무 활동에 참여하여 국립무용단의 정기공연 '바리바리 촘촘 디딤새'에서 「아야의 향」을 발표했으며, 2003년에는 '동동2030'-「바람꽃」, 「암향」을 무대에 올렸고 2004년 「타고남은 재Ⅱ」-'법'과 「안티 워」로 제12회 무용예술상 무용연기상을 수상한 바 있다.

이번 '2008 아트프런티어 페스티벌'에서 실력파 한국 무용가 장현수는 전통춤 「승무」와 「피노키오에게」, 「동백꽃에 부쳐」 등의 창작 춤을 선보였다. 또한 특별히 이번 공연에서는 장현수의 공연을 축하하기 위해 국립무용단의 배정혜 예술감독이 직접 무대에 올라 이매방류의 '살풀이춤'을 추는 시간도 있었다.

손에 잡힐 것 같은 소담스런 버선발의 움직임 「승무」

'통 통 통 통' 극장의 공기를 울리는 목탁 소리로 공연이 시작되었다. 무대의 네 귀퉁이에는 전통춤 공연에 예의 쓰이는 나무로 깎은 네 괘가 설치되어 있었고, 중앙에는 세살바기 어린애 키만한 작달막한 북이 놓여 있었다. 장현수는 유독 피리의 공명이 강했던 국립국악관현악단의 장중한 연주에 맞추어 긴 장삼의 섬세한 율동이 인상적인 「승무」를 선보였다. 아담한 체구의 그가 하얀 버선발로 자분자분 한 발짝 한 발짝을 디딜 때마다 그 발자태 하나하나가 잘 빚은 송편이 되어 무대 위로 똑 똑 떨어지는 것만 같았다. 특히 후반 부에 장현수가 등을 돌려 나풀거리는 장삼으로 북을 두드리는 장면에서는 그 두드리는 힘이 넘치지도 않고 모자라지도 않아 그의 성숙하고 깊은 내면세계를 보여주는 듯했다. 장현수의 「승무」는 매혹적인 불교적 색채와 '정중동'의 정수가 표현된, 조용하지만 단단한 느낌의 공연이었다.

모성으로 흐느끼다 「피노키오에게」

「피노키오에게」에서 장현수는 소매가 넓은 붉은 자주색 궁중 의상을 입고 한국판 클레오파트라로 변신을 했다. 「피노키오에

게」라는 제목에서 보이듯 이 공연은 우화 '피노키오'의 주인공 피노키오처럼 거짓된 행실과 가식으로 점철된 현대의 수많은 피노키오들에게 무용가 장현수가 그들을 감싸 안는 국모의 입장이 되어 그들을 향한 애석한 심정을 표현한 작품이다.

배신과 기만이 판을 치는 요즘 사회에 길들여진 피노키오들에게 따가운 질책과 비판으로 경고하기보다는 따뜻한 인간애로 그들을 그러안는 국모의 눈물겨운 모습을 표현한 그의 춤사위가 관객들에게는 큰 감동으로 전해졌다. 이 공연에는 나뭇잎 하나 없이 배짝 말라붙은 나무 한 그루와 왕위를 상징하는 붉은 비단이 깔린 왕좌가 소품으로 등장했다.

앙상한 나무는 공연 초반에서 현시대의 흉흉한 세태를 알리듯 황량한 바람 소리와 함께 외따로 조명되었으며, 붉은 왕좌는 공연 내내 장현수의 몸짓에 민감하게 반응하며 좌우로 움직여 장내에 불안한 기류를 일으켰다.

이번 공연의 모든 장치들은 민심을 저버린 정부와 일부 여론사들의 허위 보도 등 사회적인 이슈로 어수선한 현 시국과 맞물려 시사성을 띠며 초현실적인 형태로 다가왔다. 「피노키오에게」는 비뚤어진 자식을 어르듯 눈물로 흐느끼며 온정을 호소하는 어머니의 마음이 그대로 전해지는 작품으로 세파에 굴하지 않는 진솔한 인간애를 감성적으로 표현한 공연이었다.

침묵으로 불타다 「동백꽃에 부쳐」

「동백꽃에 부쳐」는 2003년 '동동 2030-「바람꽃」', 2004년 「철근꽃」, 장현수의 첫 개인공연인 2008년 「검은꽃, 사이코패스 증후군」에 이은 꽃 시리즈의 네 번째 작품이다. 이 작품은 1930년대 〈봄봄〉, 〈동백꽃〉 등의 서민 소설로 문단에 화제를 일으켰던 소설가 김유정의 탄생 100주년을 기념하여 제작된 한국무용이다.

이 공연에서 무용가 장현수는 못 먹고 못 입었던 과거 우리 민족의 토속적이고 정겨운 정서를 서정적으로 그려내기 보다는 소설의 내용을 압축한 실험정신이 돋보이는 동작들을 주로 선보였다. 장현수는 트랜스 상태에 빠지게 하는 반복적인 전자 음악을 배경으로 때로는 기쁨에 빠진 듯 때로는 비탄에 젖은 듯 격한 감정의 굴곡을 보이며 현대무용이나 팬터마임에서 쓰일 법한 동작들을 구사했다.

동백꽃의 빛깔처럼 붉은색 셔츠와 바지의상을 입은 그가 입방체 안과 밖을 오가며 무대 위에서 격렬하게 내뿜는 에너지는 극적인 신비감으로 다가왔다. 또한 무대 중앙에 설치된 흰 영사막과 삼면이 흰 천으로 둘러진 입방체 속에서 느린 흑백 이미지와 원색의 현란한 이미지들이 교차되며 소나기처럼 쏟아지는 영상은 12년간 국립무용단원으로 외길을 걸어온 장현수의 무수한 작업노트처럼 느껴졌다.

「동백꽃에 부쳐」는 소설 〈동백꽃〉의 내러티브와는 무관하게 진행되었지만, 말없이 빨갛게 불타는 동백꽃의 순정처럼 순수한 무용가의 열정이 느껴지는 작품이었다.

26.

「바람꽃」 2003
끝없는 그리움에 대한 실존적 철학

(미르, 2003년 12월호)

국립무용단의 젊은 안무가들의 새로운 빛깔 춤 '동東동動 2030'(이후 '동동 2030')이 12월 2, 3, 5, 6일 4일간 국립극장 달오름극장에서 펼쳐진다. 우리 무용계의 창작 열기를 주도하고, 예술 춤의 대중화 실현에 일익을 담당하고자 새롭게 마련된 기획공연이다. 끝없는 그리움에 대한 실존적 철학을 그린 장현수의 「바람꽃」은 5일 오후 7시, 6일 오후 4시 공연된다.

'동동 2030'은 모두 4명의 젊은 국립무용단 안무가들이 선보이는 4가지의 공연으로 꾸며진다. 그동안 국립무용단이 정기공연으로 선보여 왔던 규모가 큰 창작 춤과는 다르게, 중극장 규모의 국립극장 달오름극장에 오르는 이 작품들은 다양한 형식과 연출로써, 무용공연은 어렵고 지루하다고 생각하는 일반 관객들에게 새로운 춤 감상의 재미를 안겨줄 것이다.

국립무용단이 젊은 단원들의 창작 욕구 충족과 관객과의 거리 좁히기를 꾀하며 2000년부터 별오름극장에서 선보였던 '대화가 있는 무대 - 바리바리 촘촘 디딤새'의 2001년 무대에서 「사랑이야기」라는 작품으로 성공적인 안무를 선보인 바 있는 이현주가 「紅雨(두 번째 사랑이야기)」라는 작품으로, 역시 '바리바리 촘촘 디딤새'에서 「풀고 가자」를 안무한바 있는 정길만의 「1967. 6. 17」이 12월 2일(화)과 3일(수) '동동 2030'의 무대를 장식한다. 하루를 쉬고 12월 5일(금)부터 공연 마지막 날인 12월 6일(토)까지는, 우재현의 컬트적인 작품 「BABEL·Cue·Party」와 '우리 시대의 무용가 2003년'의 헤로인, 장현수의 「바람꽃」이 무대에 오른다.

젊은 움직임, 창조적 에너지가 응축된 열린 무대 : '동동 2030'에서, 동동(東動)은 음양오행에서 봄과 젊음을 뜻하는 한자어 '동녘 동(東)'과 힘과 에너지를 상징하는 '움직일 동(動)'의 합성어이다. 2030은 20대에서 30대에 이르는 젊은 안무가들의 창조적 정신을 바탕으로 만들어지는 무대라는 점을 상징한다. '춤의 기본을 탐구하면서 창작 역량 향상의 무한한 기능성을 실험하는 무대'이다.

차세대 안무가들의 세상을 향한 4가지 시선들 : '동동 2030'은 국립무용단 단원 중 차세대 안무가로 기대받고 있는 이들의 안무 능력 및 단원들의 기량 향상에 큰 비중을 두고 있는 공연이다. 해외 유명 무용 단체들의 명품 공연이 줄을 잇는 무용계의 현실에서, 젊고 패기 넘치는 안무가들의 상상력이 마음껏 나래를 펼칠 수 있는 창작 무대를 통해 우리 무용계의 창작 열기를 주도하자는 취지로 기획되었다. 젊은 안무가들의 작품은 '사랑', '억압과 해방', '현대인들의 탐욕과 욕망', '존재에 대한 성찰' 등 세상을 향한 신선하고 진지한 시선을 담고 있다.

국립무용단의 경우 대부분의 공연이 대극장을 사용하는 대규모 공연이어서 섬세한 개인기를 최대한 발휘할수 있는 기회가 그리 많지 않았다. 그러나 '동동 2030'은 무용 장르와 관객들의 연령에 크게 구애받음 없이, 보다 자유로운 분위기에서 안무가들 각자가 생각과 느낌을 표현하는 무대이며, 또 출연 단원들에게는 대극장 무대에서 보여주지 못한 개인기를 십분 발휘할 수 있는 실험적인 창작 발표 무대인 셈이다.

장현수의「바람꽃」: 국립무용단 정기공연「춘당춘색 고금동」과 「춤, 춘향」에서 춘향의 모습으로 동양의 이미지와 자태를 마음껏 뽐낸 장현수, '조용하게 흐르는 강의 물살 같은 맵시'를 가진 그의 작품「바람꽃」은 자아 인식과 그에 따른 끝없는 그리움에 대한 실존적 철학을 담고 있는 작품이다.

하얀 그리움이 침묵처럼 울고 있는 텅 빈 무대, 이미 지나간 기억을 애써 키우지 않으려 얼마간의 흔적들을 조심스레 덮고 덮어 쌓인 작은 언덕. 그 언덕 위에 순백의 자작나무라도 심지 못한 회한과 그리움을 뒤로 한 채, 한적한 무대 위에 시린 기다림의 묘목이 자라고 있다.

님의 사진이라도 떼어낸 흔적인 양 검게 드러난 자리에서, 어느새 동공이 물들여지는 것은…… 거울 속에 비친 내 안의 다른 모습을 보면서, 어느덧 내게는 네가 시린 기다림의 대상이 될 것이고, 네게도 내가 그런 존재가 될 것이라 대화하는 까닭이다. 작품 속의 자아와 타아는 한 여성 속 두 가지 모습. 그리움 또한 자아의 근원적 존재에 대한 막연한 그리움이다.

한겨울, 시린 벌판 가운데 존재의 의미를 좇는 한 여인의 눈물겨운 성찰의 시간이 흘러간다. 피아노의 선율을 따라 슬픔 속에서 웃음을 머금고 있는 여인의 표정, 생의 다음 단계로의 도약을 결심하는 여인의 강한 모습 등이 그려지는가 하면, 자아 속 다른 모습인 그림자를 그리워하고 따르기도 하지만 결국 허상임을 깨닫는 과정이 국립창극단 김지숙의 각창에 맞춰진 춤사위로 펼쳐진다.

  장현수의 「바람꽃」은 거울 속에 비친 자신을 바라보며 대화를 하는 듯, 자아의 내면에 감추어져 있는 타아와 대화를 시도하고, 또 그리워하면서도 마침내 그를 떠나야 함에 눈물짓는 한 여인의 고통스러운 성찰의 시간을 소담하게 담아낼 예정이다.

  "'바리바리 촘촘 디딤새' 이후 창작 작업을 하면서 이제는 스스로를 돌아보면서 자신을 찾는 시간을 갖고, 이를 작품화해야겠다는 생각이 들었습니다. 「바람꽃」은 이런 의미로 보면 관객들에게 비친 저 자신의 모습일 수도 있겠네요.".

「아야의 향」(阿爺意香) 2002
'대화가 있는 무대 -바리바리 촘촘 디딤새 2002'의 첫 디딤

(미르, 2002년 8월호)

촘촘하게 내딛는 잦은 발동작의 표현 '바라바리 촘촘 디딤새', 두어 번 입 밖으로 소리 내어 읊어보면 굴러가듯 저절로 리듬을 타고 아늑하면서도 통통 튀는 공연 제목이다. 국립무용단이 전통에 뿌리를 두면서도 재미있고 신선한 감각을 선사하는 수준 높은 춤예술을 발굴하고자 지난해에 이어 두 번째로 기획한 대화가 있는 무대 '바리바리…'의 올해 무대를 미리 엿본다.

8월 6일부터 22일까지 국립극장의 별오름극장에서 펼쳐지는 2002년 '바리바리…'는 여섯 명의 춤꾼들이 꾸민다. 여섯 명 모두 그동안 눈여겨보았던 우리나라 중요무형문화재들에서 각기 다른 공연 재료를 골랐다. 공연은 공통적으로 2부로 나뉘어 진행되는데 1부에서는 각자가 선택한 승무, 택견, 굿, 봉산탈춤 등의 무형문화재들을 보여주는 시간과 그에 대한 설명이 뒤따른다. 2

부에서는 이런 분석과 연구를 토대로 만들어 낸 따끈따끈한 신작을 선보이고 그 속에서 찾아낼 수 있는 한국 춤의 가능성을 관객과의 대화를 통해 모색해 보는 시간이 이어진다.

'바리바리 촘촘 디딤새 2002'의 첫 디딤(8월 6일(화)~7일(수))은 국립무용단이 자랑하는 아름다운 춤꾼 장현수가 내딛는다. 장현수는 「사인사색」, 「신라의 빛」, 「춘당춘색고금동」 등에서 주역을 맡았으며 지난 6월의 국립무용단 정기공연 「춤, 춘향」에서 춘향역을 맡아 타고난 재능과 열정적인 노력을 인정받은 국립무용단의 보배, 경기 도당굿 중 '도살풀이'를 장현수가 직접 선보이고, '진도 씻김굿' 중에서 공통적으로 유사한 의미를 갖는 형식과 춤사위를 비교하고 그 특징들을 분석하는 것으로 1부가 진행된다.

2부에서는 장현수의 창작 작품 「아야의 향」을 감상할 수 있다. 「아야의 향」이란 아버지를 생각하는 마음의 향이란 의미로 불교법 사전에 나오는 말이다. 보통의 인간은 무당의 굿에 의지하여 죽은 자와의 교감을 시도하지만 굳이 굿의 형식을 빌지 않더라도 진정한 마음을 담고 있다면 자신의 춤을 통해서도 죽은 자와 교감하고 죽은 자를 기릴 수 있다는 생각에서 만든 작품이다. 「춤, 춘향」에서 장현수와 호흡을 맞춘 신예 이정윤, 양용은, 이재준이 함께 향을 피운다.

28.

「태평무」
왕비의 간절함을 녹여내는 장현수의 「태평무」

이 시 환 (시인, 문학평론가)

관련 기록에 의하면, '태평무(太平舞)'는 1900년대 초 왕실의 번영과 나라의 태평성대를 기원하기 위하여 왕과 왕비가 직접 춤을 춘다는 내용의, 한성준의 창작무(創作舞)였다는데 1938년 조선음악무용연구회의 발표에서 이강선과 장홍심이 처음으로 추었고, 1940년부터는 한영숙(韓英淑)과 강선영(姜善泳)이 주로 추었는데, 이때는 왕과 왕비의 역으로 각각 분장하고서 '경기무속장단'에 맞추어 추었다 한다.

오늘날 태평무는 복식(服飾), 율동(律動), 악기편성과 장단, 그리고 마무리 동작 등에서 다소 차이를 보이며, '한영숙류'와 '강선영류'로 나뉘어 전승되어오고 있는데 최근에는 '이동안(李東安:1906~1995)류'와 '정재만(1948~2014)류'가 파생되기도 했다.

나는 공연장에서 혹은 동영상으로, 태평무(2019년 11월 국가무형문화재 제92호) 기능 보유자인 이명자·양성옥·박재희·이현자 제씨의 태평무를 보았고, 그 외에도 손혜영, 전은경, 이미숙, 이예윤, 정용진, 이애주, 유성숙, 윤종현, 이한솔, 지승환, 홍은주, 최보경, 박성호, 박윤미, 이소정, 장현수 등 적지 아니한 분들의 태평무도 감상해보는 즐거움을 누렸다.

　같은 유(類)라 해도, 춤을 추는 무용수에 따라서 그 맛깔이 사뭇 다른데, 그 유를 달리하면 더욱 두드러진 차이가 분별 되는 것은 자연스러운 일이다. 대체로, 태평무는 크게는 몇 가지의, 작게는 몇십 가지의 기본적인 동작 곧 춤사위의 조합으로 약 10분 내외가 소요되는데 전통적인 삼현육각 또는 그것의 변형인 현·타·관악기 등의 조합으로써 확대된 악기편성으로 장단을 맞추며, '기승전결(起承轉結)'이라고 하는 기본적인 짜임새를 갖는다. 그러니까, 10분짜리 공연이라면 대략 2분 30초짜리 서너 토막으로 나뉘는데 -세 토막인 경우는 기(起)와 승(承)이 혹은 승(承)과 전(轉)이, 혹은 전과 결이 붙어 있지만- 각 단계별 배정된 악기들이 장단을 주도하도록 맞추어져 있다. 현악기로 시작해서 타악기로, 혹은 그 반대로 기(起)와 승(承)·전(轉)을 펼치고, 결(結)에서는 편성된 모든 악기가 합주(合奏)하는 형식을 취하는 경향이 있다. 물론, 시작[起]과 끝[結]을 편성된 모든 악기의 합주(合奏)로써 연주할 때도 있다.

　큰 틀에서 보았을 때, 기·승·전·결의 네 단계 짜임새는 각각의 단계 안에서도 또 다른 작은 기승전결이 있어서 춤사위의 조합·완급·기교 등이 부리어진다. 시간 안배(按配)도 균등하게 사분(四分)하는 것보다는 기(起)는 결(結)보다 짧게, 기를 이어받아 이루어지는 승(承)은 결(結)과 비슷하게, 그리고 전(轉)은 가장 화려하고도 다채로운 춤사위와 그 기교가 집중적으로 부리어지면서 가장 길게 이루어졌으면 좋겠다는 극히 개인적인 욕심이 드는 것도 사실이다.

나는 최근에 동영상으로 '한영숙류의 태평무를 재해석했다'는 평가를 받았던, 장현수의 '의욕적인' 태평무(2015.4. 국립극장 달오름)를 감상했다. 그런데 지금까지 내가 보아왔던 태평무와는 완전히 다른 감흥을 불러일으킨다는 점에서 적이 놀라웠는데 그 이유를 스스로 곰곰이 생각해 보지 않을 수 없었다.

장현수의 태평무는, '왕실의 번영과 나라의 태평성대를 일월성신(日月星辰)에 기원하는 왕비의 춤'인 만큼 그 품격을 한껏 끌어올렸다는 판단이 든다. 그 품격의 핵심인즉 왕비로서의 위엄(威嚴)과 체통(體統)을 지키면서 해(日)가 아닌 달(月)로서 부드럽고도 절제된 동작으로 근엄함과 함께 원만한 품위를 드러내었다는 점이다. 그렇다면, 그 품위를 구체적으로 어떻게 드러내었단 말인가?

무대의 막이 오르면서 정가(正歌)가 피리연주에 맞추어 깔리고, 조명이 밝아지면서 무대 중앙에서는 달(月)을 품고 지구상의 산천(山川)을 품고 있는 커다랗고 둥근 해가 무대 장식으로 드러나는데 그 앞으로 옆에서 아주 천천히 걸어오는 왕비, 왕과도 같은 그, 해의 정중앙에 당도하여 돌아서서 정면(관중석)을 바라보고 두 팔을 펼쳤을 때 그녀의 복식(服飾)과 머리 장식과 표정 등은 가히 왕비로서 부족함이 없는 위엄과 정숙함이 풍긴다. 그녀가 좌·우로 약간씩 방향을 틀며 두 팔을 펼쳤다 접으면, 그리고 옷소매로 가려진 자신의 오른손등에 입을 맞추면 무대 우측에 앉아서 대기하고 있던 궁녀 둘 가운데 위쪽에 앉아있던 여인이 천천히 걸어 나와 왕비의 뒤에서 왕비의 겉옷, 그러니까, 외출할 때나 행사 참가할 때에 한복 위에 걸쳐 입었던 원삼(圓衫)을 조심스레 걷어 가며 물러나자 비로소 아주 천천히 앞으로 발걸음을 옮기며 두 팔을 펼쳐 보이는 왕비의 춤사위가 시작된다.

두 다리에 두 발, 두 팔에 두 손, 그리고 목과 머리와 얼굴, 어깨와 허리와 엉덩이 등을 음악 장단에 맞추어 움직이어 일정한 동선(動線)을 그리며, 보이지 않는 마음속 의중(意中)과 감정(感情)을 드러내는 것이 몸의 언어(言語)인 춤인데, 왕비의 동작은 비교적 느리게 시작되지만, 아니, 느리다기보다는 엄숙하지만, 그 동선 위에 펼쳐놓는 춤사위는 완급(緩急)이 조절되어 잔잔한 물결이 흐르는 것처럼 생명력 넘치는 물굽이를 이룬다. 특히, 몸을 좌·우로 45도 정도씩 움직이다가 방향을 틀거나, 치마를 약간 들어 올린 채 뒷걸음질 치거나 앞으로 걸어 나오는 자태는 퍽 매력적이다. 그리고 제 자리에서 혹은 좌·우로 원을 그리며 펼쳐 보이는 두 팔과 두 손 끝의 움직임은 덩실거리는 어깨와 함께 크게 기교를 부리지 않는

것 같지만 엄청난 시선을 집중시키면서도 편안하고 부드러운 넉
넉함으로 다가온다.

함의(含意)를 수놓은 한복을 입고서 거의 처음부터 끝까지 춤을 추기 때문에 손발의 움직임이 비교적 적나라하게 드러나는데 그녀의 전체적인 몸놀림은 교태(嬌態)나 애교(愛嬌)와는 좀 거리가 있어 전혀 질탕(跌宕)거리지 않는다. 그래서 재미가 없다고 느끼는 이들도 없지는 않겠으나 나에게는 오히려 숨 막히는 긴장감을 안겨 주었다. 게다가, 그녀의 시선은 흐트러짐 없는 간절함이 묻어있고, 천지신명의 기운을 불러들이는 것처럼 느껴졌다. 그래서 엄정미(嚴淨美)마저 느끼게 하며, 결장(結章)에서 정중하게 왕이 된 관중에게 절을 올리는 예의도, 그리고 뒤돌아서서 달과 산천을 품고 있는 둥근, 커다란 해[日] 앞에서 두 팔을 활짝 펼쳐 올려 보이면서 순간 정지함으로써 모든 춤사위를 끝내는 것도 다 절제된 욕구, 절제된 감정, 절제된 동작을 통해서 왕비로서의 진지한 내면의식을 잘 드러내었다고 판단된다.

그렇다고, 태평무를 추는 모든 무용수 가운데 최고라는 뜻은 아니다. 장현수가 태평무를 그렇게 해석했다는 것이고, 그 해석의 핵심인즉 '놀이'로서라기보다는 '의식(儀式)'으로서 크게 비중을 두었다는 뜻이고, 태평성대를 구가(謳歌)하는 즐거움이 넘쳐나는 춤사위가 아니라 태평성대를 기원하는 의식으로써 근엄한 춤사위로 받아들였다는 뜻이다. 그래서 크고 작은 원(圓)을 그리는, 동작과 동선과 무대 장식 등이 조화를 이루어 돋보였는데 바로 이런 점들이 그녀가 한영숙류의 태평무를 재해석한 영역이 아닌가 싶었고, 나는 그렇게 느끼고 이해하였다.

사실, 태평무를 추는 무용수들은 대체로 화려한 원삼(圓衫)을 입고 한삼을 착용한 채 기(起)에서 승(承)까지 절반 가깝게 추기 때문에 이때는 주로 두 발보다는 두 팔을 더 많이 써서 소매의 길게 늘어진 통과 한삼 등이 마치 펄럭이는 깃발이나 낮게 나는(飛) 새의 커다란 날갯짓처럼 보이기도 하고, 그때마다 그 색깔까지 화려하여 만국기가 펄럭이는 축제장의 분위기를 한껏 띄워 놓는 경향이 짙다. 그리고 나서 원삼과 한삼을 벗어 궁녀에게 건네주고 -물론, 건네주는 방법도 가지가지이지만- 당의(唐衣)만을 입고서 본격적인 전(轉)과 결(結)을 추게 되는데 이때부터는 두 팔보다는 두 발의 움직임을 드러낼 수 있기에 여러 가지 발걸음 동작에 집중하여 기교부리는 경향이 있다. 사실, 태평무에서는 두 팔의 움직임과 두 다리의 발걸음 기교가 매우 큰 비중을 차지하는데 겉옷을 벗기 전까지는 복식에 의한 두 팔놀림에 치중하고, 벗고 나서부터는 두 발놀림에 치중하는 것이 일반적인 경향이다.

　아무튼, 왕비의 과장되지 않으면서 간절한 염원을 풀어놓은 우아하고 정제된 춤사위로써 나에게 감상의 색다른 경험을 안겨준 장현수 무용가께 감사드리고, 아울러, 태평무를 추는 적지 아니한, 이 땅의 훌륭한 무용수 여러분께도 마음으로부터 박수를 보내지 않을 수 없다. 춤은, 정녕, 이 하늘 이 땅의 숨결임을 믿기 때문이다.

「살풀이춤」
살풀이춤과 파격(破格)

이 시 환 (시인, 문학평론가)

살풀이춤을 감상하다 보면 나도 모르게 카타르시스가 되는 것 같다. 때로는 눈시울이 붉어지기도 하고, 때로는 속에서 피를 끓이는 가운데 넘어져서 일어나지 못하는데 비틀비틀 다시 일어서게 하는 추임새 같은 응원의 기운이 느껴지기도 하고, 때로는 몸이 가벼워지면서 어깨가 덩실거리게도 한다. 마치, 푸른 수평선 위를 아주 시원스럽게 날아오는 하얀 갈매기의 날갯짓처럼 그 영혼의 자유로움도 느껴진다. 그래서일까, 기회가 닿을 때마다 마다하지 않고 공연장으로 갔던 적이 있다. 지금도 곧잘 유튜브를 통해서 감상하는 것 가운데 하나가 이 살풀이춤이다.

많은 사람이 알고 있다시피, 살풀이춤은 1990년 10월 10일 중요무형문화재 제97호로 등록되었고, 전라도 무악(巫樂)에 그 뿌리를 두고 있다. 죽은 자의 원(怨)이나 한(恨)을 풀어주고 산 자의 액(厄)을 풀어내기 위해서 무당(巫堂)이 종교적 의식(儀式)으로서 행했던 굿판의 장단과 노래와 춤사위가 싱덩 부분 수용되었다.

관련 기록에 의하면, 1930년대 후반 한성준(韓成俊)의 '조선음악무용연구회'의 공연에서 처음 '살풀이춤'이라는 용어가 쓰이면서부터 점차 일반화되었고, 20세기 초반에 무대에 맞게 정형화되기 시작하여 오늘날까지 많은 계파를 이루며 계승·발전되어 왔다. 그래서 계파와 무용수에 따라서 그 구성과 장단과 복식(服飾)이 조금씩 달라져 있다.

음악은 기본적으로 굿거리, 잦은몰이, 동살풀이 가락이 쓰이며, 소리꾼의 애원성 노래까지 곁들여지는 경우가 많다. 의상은 여성의 경우 흰 치마저고리에 쪽을 지고, 남성의 경우는 흰색 한복에 긴 도포를 입고 남녀 구분 없이, 흰 수건[띠]을 들고 춘다. 수건의 길이는 지방과 춤꾼에 따라 다소 차이가 있지만, 춤꾼의 키를 기준으로 말한다면, 신장의 약 1.2 ~ 2.5배까지 된다. 수건의 길이가 춤꾼의 키보다 작으면 그 수건이 그리는 동선이 아름답지 못할 뿐 아니라 그것에 부여된, 숨은 의미도 상쇄된다. 물론, 이것은 나의 개인적인 판단이다.

오늘날, 우리 무용계에서는 널리 알려진 대로 한영숙(1920 ~ 1990)류와 이매방(1927 ~ 2015)류, 그리고 김숙자(1927 ~ 1991)류 등이 있는데, 한영숙류는 상대적으로 품위를 강조해서 정숙 우아한

편이고, 이애주, 정재만, 정승희, 손경순 등이 전승하였고, 이매 방류는 동작이 섬세하고 교태미를 강조하는데 김정녀, 정명숙, 김명자 등이 전승하고 있다. 그리고 김숙자류는 '도살풀이춤'이 라고도 하는데 경기 '도당굿'의 굿 장단에 맞추어 추며, 매우 긴 수건을 사용하며 일할 때처럼 허리띠까지 매는데, 김운선, 양길 순, 이정희 등이 잇고 있다. 뿐만 아니라, 김수악(1926 ~ 2009)류도 있어 김경란, 남선희 등이 활동하고 있으며, 대구 지역을 중심으 로 권영화·조은희(권영화의 딸) 등을 중심으로 독자적인 영역을 구 축하고 있기도 하다. 그밖에 김지립류, 호적구음살풀이춤, 호남 살풀이춤, 교방살풀이춤, 민살풀이춤, 허튼살풀이춤 등으로 불 리며, 각기 다른 특성을 살려 공연되는 상황이다. 대개는, 홀로 추는 독무(獨舞)이지만, 여러 명이 함께 추는 군무(群舞)도 있다. 현 재 살풀이춤 인간문화재로는 정명숙(이매방류)·양길순(도살풀이춤)·김 운선(도살풀이춤) 등 3인이 지난 2019년 11월에 선정·의결되었었 다.

나는, 지금(2020. 08. 현재)까지 동영상 혹은 공연장에서 한영숙, 이매방, 김숙자, 공옥진, 김명자, 채상묵, 정명숙, 양길순, 김운 선, 김수악, 권명화, 조윤정, 임수정, 차명희, 진유림, 남선희, 김 경란, 노혜경, 한혜경, 정유경, 이은주, 이민호, 채한숙, 이우선, 민경숙, 전은경, 김은희, 서정숙, 임이조, 백경우, 최지원, 정승 희, 이경화, 이용희, 윤여숙, 장순향, 전종건, 김혜윤, 신형식, 백 예지, 이정희, 한미주, 김연선, 김매자 등 적지 아니한 분들의 독무(獨舞)와 대구 지역을 중심으로 활동하는 권영화의 군무, 김지립류의 군무(群舞), 도산풀이춤 군무 등을 감상하였다.

　그런 내 눈에 비친 살풀이춤이란, 말 그대로 살(煞)을 풀어내는 춤이다. 살이 무엇인가? 죽은 자의 원(怨)이나 한(恨)이기도 하고, 산자의 액(厄)이기도 하다. 원(怨)·한(恨)·액(厄)을 포괄하는 것이 살이다. 불교 용어로 치자면 '업장(業障)'에 해당한다. 따라서 살을 풀기 위해서 나온 춤꾼은 살을 지닌 채 죽었거나 살아있는 사람의 입장이 되어서, 그를 위로(慰勞)·위무(慰撫)하며, 그를 고통(苦痛)의 속박(束縛)에서 벗어나게 해주어야 한다. 이런 자비로운 역할을 자임한 이상 춤꾼은 그와 함께 슬퍼해야 하고, 그와 함께 힘을 내야 하고, 그와 함께 즐거워해야 한다. 결국, 혼연일체(渾然一體)가 되어야 한다는 뜻이다. 그렇다면, 어떻게 혼연일체가 된단 말인가?

　나의 판단은 이렇다. 우선, 누구에게나 세상살이가 녹록지 않아 고(苦) 아닌 삶이 없다고 전제한 뒤, 몹쓸 액운으로 자유롭지 못한 채 고통받거나 비명횡사(非命橫死)한 슬픈 이들의 넋을 위로(慰勞)·위무(慰撫)한다고 여기며, 지쳐 쓰러져 누운 이를 애써 일으켜 세우려고 함께 몸부림치고, 함께 일어나 부둥켜안고, 서로 얼싸안으며, 비틀비틀 전진하면서 새로운 희망을 꿈꾸며 덩실덩실 춤을 춤으로써 산 자에게는 즐거움을 안겨주고, 죽은 자에게는 저승길이 불편·불안하지 않도록 해주는 것이다. 이러한 마음 자세로 장단에 맞추어 춤을 추게 되는데, ①산 자의 어깨에 드리운 무거운 짐[業障]과 ②죽은 자의 원망과 ③한 맺힌 혼령 등이 바로 자신의 몸 외에 유일한 도구인 '흰 수건[띠]'이라고 여기면 춤사위의 모든 동작이 한결 자연스러워지면서[융통성이 부여되면서] 무대 위에 자신의 몸과 흰 수건의 동선이 그리는 조형미를 더욱 아름답게, 더욱 의미 깊게 구현해 낼 수 있으리라 본다.

살풀이춤의 절정 부분[轉]인, 어깨너머로 흰 수건을 놓치고 -물론, 던지다시피 하는 이도 있지만- 몇 걸음 더 나아가다가 다시 뒤돌아와 그 흰 수건 앞에서 엎드리듯 좌우로 몸부림을 치는 동작을 볼 때마다 죽은 자의 혼령을 붙들고 대성통곡하며 위로하는 것 같은, 아니, 괴로워하다가 지쳐서 몸져누운, 절망에 빠진 자의 몸을 부둥켜안고 함께 울며 함께 일어나는 것 같아 눈시울이 붉어지곤 한다. 이렇게 슬픈 자와 슬프지 아니한 자가, 죽은 자와 산 자가 하나가 되어야 만이 진정한 위로가 되며, 결장(結章)에서처럼 어깨를 덩실거리고, 두 손을 들어 보이며, 빙글빙글 기쁘게 돌 수 있는 것이리라. 물론, 도살풀이춤에서는 이 부분이 없다. 그 대신 길고도 흰 수건의 적극적인 운용을 통해서 나름대로 형상화한다.

춤과 음악에 관한 한 문외한인 내가, 우리의 살풀이춤을 근원적으로 잘 못 이해했는지 모르겠지만 이런 맥락에서 춤사위를 받아들인다면 몇 가지 기본적인 생각을 같이해야 한다고 본다.

첫째, 무대는 벽이고 바닥이고 간에 가능한 한 어두워야[검어야] 하고, 그 무대 위에서 움직이는 춤꾼의 복식(服飾)은 온통 하얀 치마저고리에 흰 수건뿐이어야 한다. 옷고름조차도 필요 이상으로 너무 길게 늘어뜨리지 않아야 하지만, 그 색깔 정도는 강렬한 채색을 써서 포인트를 줄 수도 있다고 본다. 남성의 경우에는 흰 두루마기나 도포(道袍)를 입으면 된다. 심지어는, 조명으로 그 흰 옷과 흰 수건이 변색 되어 보이지 않는 것도 대단히 중요하다.

둘째, 혹자는 흰 수건이 그리는 무수한 선(線)을 두고 살(煞)을 풀기 위한 원초적인 몸부림으로 받아들이지만, 그보다는 괴로워하는 자나 죽은 자가 짊어졌던 무거운 짐[굴레, 속박, 원한, 업장 등] 그 자체이기도 하고, 그에서 벗어나고자 하는 갈망의 몸부림이자 그 영혼의 불꽃으로 여기고 싶다. 그래서 그것의 움직임도, 앞뒤로 혹은 좌우 45도 방향으로 던지고, 뿌리치고, 양손으로 받들고, 보듬고, 뒤로 낚아채듯 숨기고, 위에서 아래로 늘어뜨리고, 두 어깨 위로 짊어지고, 허공 속으로 숱한 선을 그리며 여러 가지 모양을 짓되 그 자체가 죽은 자나 산 자의 넋이고, 함께 가는 길[道]이 되어야 한다고 생각한다.

셋째, 힘들어하는 자에게는 용기를 북돋아 주고, 절망하는 이에게는 희망을 안겨주며, 꺼져가는 생명에게는 생기를 불어넣어 주는 것이 바로 장단인데, 춤꾼은 모름지기 그 장단 위로 가볍게 올라타야 한다. 호흡이 척척 맞아야 한다는 뜻이다. 결정적인 순간마다 부추겨주는 추임새나 고비의 절정에 달하면서 한이 어린 슬픈 노랫가락이 곁들여지는 것도 그 장단효과를 극대화 시키는 데에 도움이 된다고 생각한다. 그러나 어떠한 도움도 춤꾼의 춤사위를 넘어서면 안 될 것이다.

나는 이런 개인적인 생각에서 적지 아니한 춤꾼들의 살풀이춤을 감상하면서 나쁜 기운은 발등으로 찍어 누르고, 좋은 기운은 가슴 가득 받아들이며, 한바탕 어울리다 보면 무거운 절망도, 고통도, 슬픔도 해체되고 해소되어 가볍게 날아가는 한 마리 나비가 되는 것만 같았다. 타고난 신명이 없어서 춤을 추지 못하고 노래도 부르지 못해 나는 시시한 시(詩)를 쓰고 있지만 타고난 춤꾼들의 춤사위를 보면서 많이 위로받았고, 많이 웃으면서 대리만족하고 있다. 이것 또한 운명으로 받아들이면서 이 땅의 춤꾼들에게 고맙다는 마음을 내곤 한다.

지금도 내 머릿속에는 김매자, 노혜경, 김은희 등의 깔끔한, 정제된 춤사위가 맴돌고 있지만, 무용을 비롯한 예술평론가로서 왕성히 활동하고 있는 지인의 추천을 받고 장현수의 도살풀이춤을 동영상으로 뒤늦게나마 감상했다. 나는 깜짝 놀랐고, 고민에 빠졌다. 이건 분명 '파격(破格)'이기 때문이다. 나는 교과서처럼 정리 정돈되고 군더더기 없는 깔끔한 춤을 좋아했는데 뜻밖에 파격을 보고나니 당황스러워졌다. 그래서 같은 동영상을 열 번 이상 돌려 보았다.

파격이란 게 무엇인가? 이미 고정된 정형(定型)을 깨뜨리는 것이다. 깨뜨린다는 것은 부정하면서 거부함이다. 그렇다면, 정형이란 무엇인가? 그것은 일정한 형태를 유지해주는 기본 틀이다. 틀은 또 무엇인가? 그것은 다름 아닌 '길'이다. 사람들이 가고자 하는 목적지에 당도하기 위해서 만들어 놓은, 최적의 길이라는 뜻이다. 그 길을 마다하고 길 밖의 다른 길을 스스로 내어 가는 것이 파격이다. 여기에는 모험이 수반되며 성공할 수도 있고 실패할 수도 있다. 성공했거나 실패했어도 고집을 부리면 일종의 유(流)와 파(派)와 같이 새롭게 형성된 길이 된다. 그 길을 함께 걷는 사람들을 유(類)라 한다. 물론, 이 새로운 길은 본래의 길이 있었기에 존재하는 것임엔 두말할 필요가 없다.

지금 내가 막 보았던 장현수의 도살풀이춤도 '길 아닌 길'이다. 장단은 그대로이지만 그녀의 몸짓과 기다랗고도 흰 수건의 부림[運用]과 춤사위의 끝매듭과 발걸음 동작 등이 파격이다. 그 파격 속의 파격이 쉼표와도 같은 쉼, 곧 동작의 순간 정지에 해당하는 휴지(休止)가 있다는 점이다.

그녀는 살풀이춤을 추면서도 여유만만하다. 무대와 관중을 의식할 정도로 여유를 부린다. 그만큼 융통성을 가지면서 정해진 틀로부터 자유로워진다. 동작의 완급(緩急)과 강약(强弱)을 조절하면서도 이따금 순간 정지한 채 관중으로 하여금 침묵을 요구한다. 그러면서 본인은 정작 표정 관리에 들어간다. 어쩌면, 그 순간만은 세상을 내려다보는 자가 된다. 정말, 대단한 여유라 아니 말할 수 없다. 타고난 춤꾼의 기량일까? 끓어오른 춤꾼의 순간적인 기지(機智) 발현일까? 꾼 중의 꾼만이 부리는 교태의 능청스러움일까? 길 아닌 길을 가면서도 그처럼 여유롭게, 아니, 능숙하게 삶에 지친 이들의 무거운 업장(業障)을 짊어지고 앞장서서 꼬인 매듭을 풀어내느라 그와 씨름하는 묘기를 연출했다는 생각이 든다. 때로는 아득해진 걸어온 길을 돌아보기도 하고, 때로는 두 개의 물동이를 어깨에 메고 비틀비틀 힘들게 걸어가는 것 같기도 하고, 때로는 장애가 되는 것들을 내치고 뿌리치며, 발로 지근지근 밟아대고, 때로는 빙글빙글 어지럽게 돌면서 어루만지듯 달래기도 하여 단단히 꼬인 매듭을 풀어헤친다. 그런데 그 풀어헤쳐진 업장을 스스로 짊어지고 돌아감으로써 세상에 안락을 주는 구원자가 되는 것이다.

타고난 끼가 자유로운 상상의 날개옷을 입고서 상품이 된 장현수의 '도전적인' 도살풀이춤을 보면서 내 머릿속에 박혀 있던 하나의 정형이 힘없이 무너지는 것을 보았다. 한낱, 감상자에 불과한 나도 업그레이드가 필요한 시점인가.

푸른 소나무의 꿈

남산은 늘 나의 벗이며
스승으로 자리매김했다.

우러러보며 조망하며
그 기운으로 꿈을 키웠다.

가르침을 받으며
내 춤의 빛깔로 일궈온 나날들.

목멱산의 신비를 타고
나의 디딤과 사위가 힘을 받는다.

나는 아직 꿈꾼다,
붉은 소나무 숲의 장엄한 화음을.

장현수의 삶과 예작

바람꽃 사이로 춤은 피어나고

초판인쇄 2021년 4월 16일 **초판발행** 2021년 4월 21일

지은이 **장현수**
펴낸이 **이혜숙** 펴낸곳 **신세림출판사**
등록일 **1991년 12월 24일 제2-1298호**

04559 서울특별시 중구 창경궁로 6, 702호(충무로5가,부성빌딩)
전화 **02-2264-1972** 팩스 **02-2264-1973**
E-mail : shinselim72@hanmail.net

정가 **30,000원**

ISBN 978-89-5800-228-4, 03810